孤独，刚刚好

Lonely,
but enjoy

张曼娟 — 著

北京联合出版公司
Beijing United Publishing Co.,Ltd.

目录

第一章

月光如水水如天

第二章
我爱你最好的距离

第四章

青春并不消逝，只是迁徙

第一章

月光如水
水如天

人间烟火

我是嗜烟火的，一直觉得史湘云大嚼鹿肉、醉眠芍药，是真正懂得生活的，如此妩媚动人。

我和学生读完三岛由纪夫的《金阁寺》，讨论的时候，仿佛仍可以看见火花纷飞，金阁的上空撒下一大片金沙。他们忽然问我：三岛由纪夫、川端康成、芥川龙之介、海明威，还有其他杰出的文学工作者，为什么选择用自杀的方式结束生命？

难道，没有更好的出路吗？

火焰燎人，残烬已冷。

等待回答的片刻里，寂静无声，但，隐约可以听见青春流动的声音。即使是门窗紧闭，我的青春似水，迅速从门窗缝隙流入浓浓夜色。

年轻的他们，如樱花正待盛放，日渐丰妍，听不见世间的警戒。而樱花啊，方才鲜艳华美，瞬息凋零死亡。

于是，就从樱花说起，它总在开得最好时落地成冢，美到极致。艺术家倾心追求的，往往却是虚妄。

“美是脆弱的，无常、苍凉、死亡。”我说，“其实，是可以理解的。”

“那么，你呢？”

“你也在追求美吗？你也常觉得虚妄吗？你也因幻灭而绝望吗？”

二十岁的生命与三十岁的确实有些不同，他们如此勇于设问。

我追求的是和谐。

思想与行为的和谐，人与人相处的和谐，情感与理智的和谐，内在心灵与外界事物的和谐。

和谐就是美，我告诉他们，我追求的是一种和谐状态，因此，必须时时调整自己的想法和做法。

“你对生命是乐观的？”

“是的。”我回答。

“对于世界的看法呢？”他们又问。

“你呢？你们呢？”我反问。

而后，微笑地看着他们忽而感性，忽而理性，热烈地争辩。

我看见的是忧欢交错的人间，善良与邪恶分别割据占领的世界。

没过多久，我再次证明了自己的看法。偶然翻阅一本日本小说，里面假设有一颗行星脱离轨道，向地球撞来，大约只剩一个星期地球就会毁灭。消息公布以后，所有的人都严重失序了，没有人去上班或者上学，一切都陷入瘫痪、混乱，抢劫，谋杀，驾车在街道上横冲直撞，人间如同地狱。

假若，地球只剩一个星期就毁灭，你最想做的是什么事？

我向一群更年轻的学生发问，他们的平均年龄不过十六七岁，有一些嘻嘻哈哈哗笑吵嚷，觉得有趣；有一些并不笑闹，认真思考。过了一会儿，我向他们要答案。

“我会把以前没做好的事，再做一次，一定要做好。”一个男孩说。

“我要向自己伤害过的人道歉，请求他们的原谅，其实，每一次，我都不是有意的。”女孩说。她的面容有着压抑的悲伤。

“我要做一些以前不敢做的事。”那个羞涩怯弱的男孩说。

“我要去把银行的钱都提出来。”有个活跃的男孩说。其他的人在旁起哄："你哪里有钱？"嘿，那男孩说："到时候全部都是我的钱啦。"

"我要和我的亲人、我最深爱的人，紧紧守在一起，共度最后时光。我要告诉他们，我真的好爱他们。"有一些孩子这样说。

一个男孩站起来，吸引了全班的注意力，他简洁清楚地说："作、奸、犯、科。"

孩子们鼓噪起来，笑着叫着，拍桌子鼓掌，为他的言简意赅，为他的坦率直言，更为他说中了一些人心中的想法。

我的心情突然黯淡，甚至觉得哀戚。人，是如此脆弱又卑劣，禁不起一点儿试炼，这样的人间，在行星尚未到来之前，便已自杀自绝，毁灭殆尽了。

然而，想到大多数充满爱和感激的孩子，便又觉得喜悦了，他们内心的爱，是善良的力量源泉，足以与邪恶抗衡。

也达到某一种和谐的状态。

这便是我所存活的人间，绝对的悲观或乐观，都是不适当的，我想。

原先，竟以为你是不食人间烟火的。有些朋友，较熟识以后，忍不住这样说。

不知怎么会让人产生这样的错觉，我是嗜烟火的，一直觉得史湘云大嚼鹿肉、醉眠芍药，是真正懂得生活的，如此妩媚动人。

十四岁，初次在学校餐厅吃甜不辣；十五岁，在摊子上吃到芋头麦角冰；十六岁，在市场小店吃了第一碗鱿鱼羹米粉……唇舌与这些好滋味的食物首度碰触，总能够留下鲜明的印象与记忆。

二十岁，朋友带我在圆环附近的夜市，吃了黑胡椒铁板牛排。垂吊的灯泡，往来的人车烟尘，肉块在铁板上溅起的热油，调味料浓重的气味。一个摊贩接着一个，蚵仔煎、鳗鱼汤、虱目鱼粥、炒花枝。抑扬顿挫的吆喝声，划拳喝酒的赤红脸孔，简陋的桌椅板凳，热闹起来的夜晚。

夜市，由于平凡小人物的会聚，有一种独特魅力。白天，即使是卑微的，入夜以后，流窜在市集里，挥霍少量金钱，也会宛如上宾，受到殷勤款待。

初夏，赴台南府城，几个成大的学生邀我去逛夜市，一星期只有两天。这样的邀约，比画展或者音乐会更令人雀跃。我们在熬煮冬瓜茶的炉火前驻足，原来，冬瓜茶是这样煮的。一人捧一杯冰透的传统香甜饮品，混入杂沓的人群。

仿佛走入时光隧道，一盏盏悬挂的灯泡，指示我们走向前。卖蛔虫药、蛇鞭蛇胆的，铁弹珠、射箭场。宾果游戏旁坐了一大圈男男女女，聚精会神，烟抽得凶猛，上空盘旋着一团白雾，拖鞋挂在脚趾上，晃呀晃呀，总不落下来。百无聊赖的白天蓄积的精力，在此倾泻痛快。

一个女人身边放着几个笼子，养着天竺鼠、迷你兔、嗷嗷待哺的乳鸟，我们靠近时，她嚷嚷起来："五元，只要五元按一次灯，就有机会把小老鼠带回家。"

同行的男孩试了试手气，小灯跳过"兔子"，停止在"糖果"。

哎呀，女人十分惋惜地说："你看，就差一点儿了，好可惜。要不要再试一次？再试试看？"

男孩再试，小灯跳过"白文鸟"，又停止在"糖果"。

哎——呀，女人的痛惜超过我们，好像她是非常希望我们中奖，而我们偏叫她失望。在这种盛情下，每个人都不免上场一试，得了一大把糖果。那女人的耐心和鼓励，在都市中已不多见，她的体贴、善解人意，不肯稍有懈怠，即使只是区区五元钱。比起百货公司、舶来品店的售货员们有意无意表现出的不耐烦和轻蔑，她的温柔敬业，显然是可爱的。

再向前走，铁板牛排、蚵仔煎、鳗鱼汤、虱目鱼粥以及炒花枝。

空气里弥漫着浊重的烟火气味。

人生，如同一场宴飨，善于配料，精于调味，无论待人或待己，都能品尝出特殊滋味。浊下或者清高，华丽或者腐朽，酸甜或者辛辣，总是叫人留恋不舍的，人间烟火。

随身携带的房间

直到后来才发现，心灵的自我主宰与充实的感觉，就是一个可以随身携带的房间。拥有这样的一个房间，她们才能真正获得配偶的尊重与子女的理解。

每次都是在天黑以后，受邀去网络杂志或报纸接受访问，在一个虚拟的聊天室中，与一些虚拟的名字交谈。这是一种很奇怪的关系，他们都知道我是谁，我却不知道他们是谁。或许因为这样，他们也就有了比平日更真诚的袒露内心的机会。那一夜，有人问我的第一篇小说《自己的房间》的篇名，是否受到 Virginia

Woolf（弗吉尼亚·伍尔夫）的 *A Room Of One's Own*（《一间自己的房间》）的影响。我很诚实地回答，我只是想探索，拥有一个房间对我们到底有怎样的意义。

我的一些女性朋友与我讨论过，从小到大就想有一个自己的房间，可是，渐渐发现原来并不易得。小时候，我们常常要与兄弟姐妹同房，外出念书则免不了要有室友，结婚之后既然是要履行夫妻同居的义务，便没有自己住一个房间的可能性了。在婚姻状态中，假设向配偶提出分房的要求，不啻晴天起霹雳，非要闹得天翻地覆不可。我朋友的母亲在我朋友的父亲去世后，终于可以有一个自己的房间了，却被孝顺的儿子和儿媳妇接去含饴弄孙，年幼的孙子顺理成章地搬进了奶奶的房间。我的朋友悲观地得出一个结论，看起来这也就是她自己的未来了：不可能拥有一个自己的房间。

在自己的房间里，我们可以按照自己的意思来布置，可以穿着不成体统的衣裳晃来晃去，可以把地板擦得光洁如镜，也可以把床铺堆成垃圾场。一个自己的房间，让我们拥有不被牵制的自由。网络上一个虚拟的名字说："我现在就有一个自己的房间，只有我一个人住，但我并未感到快乐，因为我很孤寂。"

每次一定是在早晨，我受邀与一群家庭主妇座谈，她们刚送走先生和孩子上班、上学，刚买完菜，并将自己打理好。而我仍是睡眼惺忪，有一点点迷糊。我们谈的仍是“自己的房间”。一位主妇说，她们那个年代居家环境小，兄弟姐妹多，想要有自己的房间简直太奢侈，不过，她有一个属于自己的小盒子，盒子里装着她的私密物件。当她想要有个专属的领域时，便掀起盒盖，进入其间，盒子变得很大，宛如宇宙。另一位主妇，她家曾经加盖顶楼，给了她一个可以拥有自己的房间的憧憬，可是房间盖好之后，为了生计问题租给了别人。孩提时代的她，总是趁着房客不在家，窥视着那间想象中的她自己的房间。还有一位主妇说，在不可能拥有自己的房间的年代里，她画过无数个自己的房间，在纸上的房间里安排一个大衣柜，在地板上铺着向日葵的地毯，随着心情不断更新房间的样貌。她们都说，直到后来才发现，心灵的自我主宰与充实的感觉，就是一个可以随身携带的房间。拥有这样的一个房间，她们才能真正获得配偶的尊重与子女的理解。与她们的对谈是极其真实的，因为无须藏匿，她们话语中的真诚深深打动了我。

我想到网络上的问题：拥有自己的房间，却依旧觉得寂寞、不快乐。懂得在房间里妥善地安顿自己，恐怕是更重要的事情吧！曾经，独自一人暂居异乡的那些日子，我总习惯在窗前种一些绿色植物，总替自己准备几张私房 CD，总要烹调一些好吃的东西犒赏自己，总在睡前喝一杯花茶。尽管只是一个人，在语言不通、文化迥异的环境里，就算外面的世界充满挫折，起码，当我回到自己的房间时，我就觉得安全喜悦。哪怕只是一个小小的房间。

在这些虚拟与真实的交谈中，我终于明白，一个自己的房间并不能令人比较快乐，一个自足的心灵空间才是必需的。辽阔的心灵空间，可以使狭隘的房间变得宽敞；丰盈的心灵空间，可以令寂寥的房间变得温暖。

城市里的寻人光束

如果一个人——对我们意义重大的人，在这城市中消失了，容不容易找到呢？很难。听见的人都这么说，这城市如此拥挤而又如此隔绝。

高楼大厦矗立着，遮蔽天日。地下道和天桥，像是精致的蚁穴甬道，行人密密麻麻。你每天与这么多人擦肩而过，却有可能与你真正期盼的人失之交臂。就像我最近读到的一本图文书，有一对同样寂寞又非常匹配的男女，他们住在相邻的大厦套房中，出门时一个习惯性向左走，一个习惯性向右走，所以，总是无法相遇。纵使喂过同一只猫咪，逗过同一个婴孩，习惯，让他们对许多事视而不见，错过太多机会与可能。

城市中的生活与爱情，是否大抵如是？究竟是城市改变了爱情的面貌，还是爱情改变了城市的形态呢？那一夜的读书会上，我们讨论了这个问题。

有人认为，城市生活必然会养成爱情的新形式，人与人的接触如此频繁而迅速，很容易擦出火花，生发热情。忙碌紧张的生活，也让某些人以谈恋爱的方式纾解压力，“聚散无常”已经成为恋爱者必备的常识了。

有人觉得便利的交通工具导致了情场上的风云诡谲，就像最近产下双胞胎的妇人，被发现婴儿属于两个不同的父亲，乃是因为她在短时间内与两名男子发生亲密关系。“说不定是捷运[1]立下的汗马功劳呢”，举例的人如此推断。也有人说爱情有改变城市的能力，当我们爱上这城中的某个人，曾与那人喝过咖啡、看过花灯、走过巷弄街道，我们是否因此而觉得这城市纵使紊乱肮脏，却仍有着难以言喻的特殊魅力？

即使失去了爱，走在安静的街角，每一步都是惊心动魄的行走。

然而，城市生活或者爱情都是如此贴近的事，于是便也有各

[1] 捷运：指平常所称呼的地铁，多为台湾用语，广义上不仅指地铁一种公共交通工具。

种不同的想法。有人猜想或许因为聚散容易，反而能够厘清与淘洗真正的、纯粹的爱情，为爱而爱，不掺杂其他的因素。也有人觉得一个能够突破城市限制、发掘生活趣味的人，肯定会是迷人的恋爱者。这人知道哪里有美味的小摊可吃，哪里有璀璨的夜景可观，哪个月份可以在行道树间看见低飞而过的鸟雀。

大约每个人都有在城市中寻找不到的人吧！或许我们从未曾用心寻找；或许每当想去找的时候，又被别的事岔开了；或许我们以为下一个转角处，就有可能忽然相遇。就这样，在等待中，我们失去了许多机会。我想，改变一下习惯，多一点好奇心，应该就会找到那个人，或许是走失已久的自己。

月光如水水如天

刚开始的时候，都是欢天喜地地去参加婚礼。看着朋友披起白纱，走向在地毯那一边等待的新郎。套上戒指的那一刻，我听见了发自心底的欢呼。

做伴娘的那一次，眼看着戒指圈住好友纤长的手指，轰然有泪冲进眼眶。我的激动超过新娘。

岁月，不是会让人变得比较坚强的吗？近来，参加婚礼却必须控制欲哭的情绪。

为的全是不舍。

待嫁女儿与父母亲的难以割舍，嫁作人妇以后挥别的美丽青春……并且，我仿佛又少了一位可秉烛夜谈的姐妹。每当新娘拜别父母，便泪眼相对。泪珠婆娑中，我几乎可以看见千百年来的新嫁娘，以同样的姿势，在上轿之前跪拜。一叩首——鞠育之恩难报；再叩首——双亲善自保重；三叩首——奴从今日去，爹娘莫牵念。

看过一部日本电影，描写嫁女儿的心情。父亲在婚礼结束后到常去的小酒馆喝酒，善于察言观色的老板娘过来搭讪：“先生今天穿得这么整齐……看你的神情，好像刚参加了丧礼……”

令人心惊！却可以理解。

自小，每年分班都像大祸临头。不断结交好友，又不断失去。一直害怕分离。

小时候，和弟弟斗嘴，真气他的浑不讲理。可是，他背起书包，小小的身子出了门，我的气也就消了。看着他曾坐过而今空着的座位，竟无来由地伤心。

大学毕业那次的谢师宴，我命令自己不许哭，却在结束道别的刹那，情绪像波涛一样澎湃泛滥，阻止不了自己的眼泪。我心里清楚地知道，从此以后，便是“花自飘零水自流”了。而我们曾那样珍重地交换彼此悲喜的情绪，曾那样温柔地抚慰因孤寂而颤抖的心灵。因为眼泪，面前的景与人都模糊起来。急急忙忙想逃走时，我听见一个男生充满怒气的指责。

当时，我确实非常困惑，因为自己的行为够不上失态或妨碍别人。他的愤怒来得突然，令人费解。渐渐地，又过了一些日子，当我孤独地走在校园里，终于变成举目无亲的时候，才慢慢明白，男生的怒气其实只是发泄和掩饰，只是想压抑住与我相同的情绪而已。“一种相思，两处闲愁”嘛，“愁”字弄不好，可就变成“怒”啦！

毕业以后，只参加过一次同学会，还体会不出什么沧桑、自怜，炫耀也不明显，兴奋与好奇的成分倒相当高。在毕业旅行中，唱着笑着，像孩子一般恣意喧闹，如今却已为人父母或为人夫、为人妻了。眉眼间稚气尚未退尽，而争着诉说的是孩子的预防针、夜哭和牙牙学语。七月的骄阳无法进屋，却把窗外映照得特别明亮。我在角落里啜饮橙子汁，投入全身心去感受生命的成长与喜悦。

同学会散了，几个较亲的朋友又移阵再叙。除了阿来，都是女孩。当他准备吸烟时，便遭到防卫过当的抗议，而他一概微笑接受。有了相当的了解、信任与默契，嫌隙便没有存在的空间。

傍晚时分，我们送玉乘车回台南。如同送机一般，千嘱咐，万叮咛，场面十分盛大。眼看车要起动了，便又排开人群，直奔车站外，向窗内的她挥手告别。没见过这等送别阵仗的，算是开了眼界：“你们真疯狂。”而替我们冲锋陷阵的阿来，却在一旁嘻嘻笑："要不要拦辆车，到交流道[1]去送呀？"

有相同的语汇，所以觉得情深。其实，只是舍不得分离。

古人送别到十里长亭，到灞陵。如今，突然觉得人生处处布满驿站，一挥手，便成别离。

人说贾宝玉多情，喜聚不喜散；林黛玉深情，不喜相聚。黛玉的理由是聚时欢乐，散后尤其冷清，所以，不如不聚不散。要想不聚不散，正如人生一世无悲无喜，如此恐怕不够深刻，况且，谈何容易？

所以，我依然愿意，迢迢地，去和朋友相聚。再孤独地，走长长的路回家。

那曾经共坐的溪畔，也不再是不堪碰触的伤感。尤其在天凉的秋季里，天空特别澄净，很有"同来玩月人何在？风景依稀似去年"的情调。

不舍与伤别是始终不能改变的，却也有些是改变了的。随着青涩年少的远去，知道长相忆比长相聚更为可贵，学习不再虚掷光阴与情感。于是，在这许多"月光如水水如天"的夜里，空气中不时飘动着暗香，静体造物者的安排，处处都有深意，禁不住要微笑，并且感激。

---

[1] 交流道：高速公路与其他公路交会时，利用立体交叉与数个匝道引导车辆转换不同公路的交通设施。

荷花生日

江南一带以六月二十四为荷花生日。隐遁湿泥中等待了一个春天的荷，冉冉地浮升，刹那间，破水而出。

圆叶，初生的被称作荷钱，悄悄透露了荷的身世与来历，原是富贵的水生花。

而我真正见到荷钱，是在杭州西湖的三潭印月。岛上的荷池，灿灿发亮。走近了才发现，荷叶上被人投掷了大大小小数不清的硬币，俨然成了一座许愿池。

不远处的年轻母亲把钱币放进孩子掌心，小孩踮起脚尖奋力抛出一道弧，荷叶被击中，旋转着，托住钱币，也慈悲地托住一对母子的梦想。微风变幻着光影，伫立池边的每张面容都因钱币的反射而明洁。荷叶上铺满的钱币，则令我困惑：究竟是我们的愿望太多，还是总不能如意？

一池荷叶衣无尽。

人们殷殷祈求的，不过是衣食充足罢了。然而在许多时代，这想法却成为一种奢望。所以我们常处在一种匮乏的状态，或是物质，或是精神。

大学时教授《文选》的老师，正直、耿介，却也有着“匮乏”，一种深入五脏六腑、时时发作却无法药治的病症，曰思乡。七十几岁的老先生，把一篇篇看似平常的古文，解析得有声有色，对学生的要求也相对很严格。有一回，老先生在课堂上发现部分同学没带课本，只用课文影印替代，问其理由，同学回答：“太重了。”老师勃然大怒，说自己住那么远，都不觉得重，住在学校宿舍的同学却嫌书太重。老先生拂袖而去，愤怒之中还掺着伤感。

老先生离去以后，全班哗然，不知所措。我在座位上合起书，才注意到这书的确是重的，像这样的书，我每天总要带两三本来上课，而在上学往返四个多小时的路程中，因为觉得理所当然，竟忽略了它的重量。以后，再没有老师在课堂上像这样纠正我们的行为，便是我自己成了老师，也不曾如此。现代的师生关系，讲究的是沟通与谅解——若沟而不通，只得谅解了。但，我还是怀念老先生对自己和学生的严格，那站在讲台上、发丝花白的，是一种令人景仰的仪型，每一句话都能理直气壮，不仅是经师，更是人师。

后来，老师还是回到班上给我们讲课，每次我都直盯着看，目不转睛，恐怕稍不留意，就会错失什么重要的字句。

学期即将结束，天气燠热难耐，老先生想必察觉了我们眼睫间的倦懒，于是放下书本，说起故乡与年轻岁月。老师也曾有过娇痴的青春年少，夏季里伙着同学们，袖一瓶好酒，央求教诗词的老师到太湖上课。师生们租条船，泛进荷田深处，荷叶粗壮高挺，既可遮阳又能避雨，一片碧绿盈眼。荷叶深处听得见一唱一和的采荷女歌声清扬。老师用荷叶盛酒，穿透荷茎，直流入咽喉，荷叶盅擎在手中，诗意尽在玉液琼浆里流泻，何须讲授？

听故事的我们，距离太湖好远好远，嗅不着荷香，却在初夏的温风里，嗅着一股不知名的香气，清冽而放肆。应该是来自教室旁的山坡，相思树和一丛丛竹子，遮蔽天空，使我们有一片阴凉幽静的所在。

此时，当我传述这个故事，讲台下的学生睁着年轻的眼眸，出神、向往。而教室旁的山坡已被夷平，成为新建大楼的工地，整日里沙土蔽天，机械声隆隆响着。

原本就不宽敞的校园，因工程车进进出出，显得更加局促。学生与我商量转学考的事，态度十分坚决，因为他不喜欢这个校园。这地方也曾美丽，但他没赶上；这地方完工后可能有很好的远景，但他等不及。

青春如此仓促啊。

我遂不再言语。感情若不曾历经岁月的培养与成就，便不能深厚。唯有深厚的情感，才禁得起等待，甚至等待本身也值得记忆。

最初，我完全迷眩于荷花的姿容，却在静待花开的过程中发现，宽阔如裙的荷叶也有着无法取代的圆满动人。

一直觉得这花是从天堂移植来的。每一朵荷，都是一个自足的世界，为东方人所钟爱。中国人注意到娇媚的花色，较少香气；花瓣层叠繁复的，多不结果实。荷花却能兼具色、形、香，还在莲蓬中结成洁白的莲子，清脆甘甜。

荷花象征百年好合的吉祥。藕断丝连有着欲舍而不能的深情相思。菩萨座下也是一朵荷花，优雅、自在，有什么花比荷花更适切？

到泰国去旅游时，正是生命中一次浅浅的低潮，又逢冬季，台北植物园的荷花池，如一面擦拭过的明镜，照见自己苍白的容颜。

阳光却等在泰国，荷花也等在那儿。商店、饭店、街道，随处都可以见到，亭亭的一株又一株。入乡随俗，我向寺庙旁一个黝黑大眼的小男孩买了一株白荷花，进入金碧辉煌的建筑物去朝拜。白荷内部仍是花苞，外缘已绽放的部分被整齐地折叠成花托，托着那烛火一般莹亮的鲜艳润美。

庄严地擎着这株白荷，行走在喧嚷嘈杂的人群中，心情奇异地平静舒和了。

生命与美，便是我今生的皈依。

小时候看神话电影，最爱哪吒三太子。爱他虽是孩童，却已打抱不平，一腔热情。爱他在杀死龙王太子，闯下弥天大祸时，以匕首自戕，昂然地说："以骨还父，以肉还母。"不肯连累双亲。魂飞魄散后，他的师父用莲藕拼出他的形体，用荷叶替他裁衣，最后，用一朵盛开的荷花变成他的容颜，这样清丽地再世为人。

许多年后，在四川大足宝顶山石窟的佛雕中，看见诞生于荷花的童子，他们娇巧可爱，安详恬静。据说因生于荷花，故而一尘不染，没有凡俗的痛苦嗔怨。我仰望许久，带着欣羡的情绪。

住宿在重庆时，饭店的艺品贩卖部有泥塑彩绘的荷花童子，可放在掌心赏玩，我挑选了几个特别精巧的，仔细包裹在箱子里，一路颠沛折腾，好不容易回到家来。小心翼翼地取出来，却见到耳朵、鼻子、小小脸颊，满是斑驳的伤痕。先是懊丧、疼惜，然而，把它们安放在架上时，突然忍不住地微笑，即使是生于荷花的童子，既入红尘，也免不了要有磨难和挫折的。

架上还放着朋友烧制的陶艺品，一片枯干的荷叶做成碗形，下有莲藕，上有花瓣已然落尽的莲蓬。它应该叫作“听雨”。初见时尚未上釉，我急急为它命名。朋友上了和陶土接近的颜色，烧成以后，送来给我。

留得残荷听雨声。

荷残便该是秋天了，然而，聆听枯叶被雨滴敲打时的回声，却仍充满着澎湃的生命力。

有些酷暑长夜，燃烧似的热浪，令人辗转难眠，我便起身，将“听雨”搁在窗台上，想象着一场清凉的雨。

生于季节的荷，终将归返季节，深深隐遁在水乡，带着前世的缱绻回忆，静静等待下一次，生日。

江南有雨吗

江南有雨吗?

有一刻，仿佛入睡了，但是并不沉稳，因此，蓦然转醒，便听见那种细致温柔的声音，缓缓膨胀着，萦绕天地间，在这未曾经历的奇妙旋律中，任意飘浮。

起初，平躺着，迷迷糊糊，不太确定，这是北方或南方？这是哪个城市或乡间？不知身在何处。

而后，我坐起来，望着洒满水珠的玻璃窗，正莹莹闪熠。于是，我告诉自己，这是苏州之夜。

这是苏州之雨。

当我来到苏州，已是黄昏。我坐在三轮车上，像风一样在不宽不窄的街道上穿行，动用了所有感官，去捕捉那些擦身而过的瞬间印象。路旁妇女笑着说着的，是入耳柔的吴侬软语吗？车轮滚动的石板地，曾经马车辚辚吗？越过小桥，便见一川烟树，长篙横陈的木船泊在岸边。这是林黛玉的故乡，她是在这个渡口登舟，往金陵去的？临行前，怎么也料不到，等待在前方的，竟是那样一场燃烧生命的哀怨痴狂。

苏州多桥，多临水而居的房舍——一幢幢倒影，清晰地映在水面上。经过另一座桥时，车夫兴高采烈地吆喝起来："看哪！那就是唐伯虎点秋香的小楼！看到没有？"

传奇猛地跃现眼前，我顺着他指点的方向张望。那排傍水的住家多推开窗，夕阳照射，一片耀眼辉煌。想也是在这样的天色中，唐伯虎船行水上，仰首便见镶金的娇俏秋香，含笑凝睇，宅中称心美眷，顿时黯然无光，颜色尽失。我眯起眼，辨认自夕阳方向遥遥而来的舟子，或许是另一段传奇的开始。

专注地探出半个身子，车过坑洞，狠狠一颠，差点儿把我甩到桥下。

"前几天热得很，四十几摄氏度，热死好多人。那天在这里，热死一个老太婆，我亲眼看到的。"

不过是一次颠簸，便由那个时代轻易跃进这个时代。车夫在我眼前，腾起身子，费力踩踏，人多的地方，便敲打刹车器进行警示，周围骑车或走路的人，肆无忌惮地盯着我们，眼光中看不出友善或不友善。

只是好奇。

坐在无篷无遮的三轮车上，像是展示着的植物或动物，当我被这样的一种气氛隔绝，顿时感觉局促了。

我们在旅馆的六楼往下，房内的空调早被卸走了，服务生推开窗，晚霞的色泽已由橙转紫。

尽管那天苏州市暂停供水，盥洗大有问题，可是看着宽敞的玻璃窗，景致一览无遗，立即生出新的喜悦。

街道上三五成群，老老少少，坐在门口纳凉聊天，十分悠闲，直到一对穿着 T 恤短裤的外国情人走过。他们牵着手，背着旅行袋，自由自在地越过街道，吸引了所有目光。即将走开时，他们突然拿出相机，笑眯眯地回转身，显然也对中国人产生了兴趣。

他们选中一个小孩，给了他一张纸钞或是其他类似的东西，小孩坐在竹凳上，供他们拍照。见此，拥上去的孩子更多，伸出去的小手把外国人团团包围，大人们或坐着或站着，只是笑。外国人也笑着，相互帮助着自人群中抽身而出，孩子仍追随在后，又跳又笑，推推跑跑地上桥。

这座桥就在旅馆前方，微微拱起，呈一个浅浅的弧度。桥上四盏灯在夜色中燃亮，桥下灯光的反影荡漾。

睡前仔细关上了窗，因此，不能确定是何时落雨的。

我坐在宽大的窗台上，桥上的灯仍亮着，相连的房舍只剩一片朦胧轮廓，桥上灯光有几分凄清落寞的意味。当大地都沉睡，独醒是一种坚持，可也是一种艰辛。

旅馆前栽种着几株高大的梧桐，推开窗，可以听见雨点纷纷滴落叶片，旋又落地。纵使宽叶奋力捧持，也无法载盛。一叶叶，一声声，终究只是交错。

轻拭被濡湿的短发，正是三个月前在岛上，那个雨夜里相同的手势。

只是那时，春天刚来不久，东区明亮的商店长廊灌满冷风，我把长发圈在颈上，仍禁不住微瑟。

那时已安排了这次难卜未来的旅程，所有的亲朋好友都在强颜欢笑之中流露着忧心忡忡。他们想尽办法，请我吃喝玩乐，很快地，我便发现自己原来被无法无天地宠溺着。

于是，那夜，拖着朋友去看末场电影、吃消夜，坐在百货公司的台阶上，看雨夜霓虹与车灯的缤纷。

商店早已打烊，橱窗的灯仍亮着，众生退场后，只遗留木偶的舞台。

沿着敞亮的长廊向前走，任雨丝飘落在身上，感觉极不真实，像踩在梦的边缘。

从不会这样从容不迫地打量橱窗内苍白的面孔，逐渐发现他们的表情是如此复杂，愉悦、渴盼、焦灼、冷漠、痛楚……这城市有一部分是清醒的。

站在街口，犹豫着该不该等红灯。我在伞下，举起手，撩拨润潮的刘海。

坐在苏州楼上的我，轻轻阖上窗。

突然思念执伞领我过马路的朋友。若也在这儿，我们必然不只待在窗内，一定会忍不住走上桥。也许撑把纸伞，灯下幽幽发光，也许不撑伞。

当我这么想的时候，并不知道，自己同样被思念着。

岛上没有一丝风，异常酷热。朋友在一张薄薄的、几近透明的雪白纸片上，用黑色签字笔一行行书写：

江南有雨吗

……

你会归来吧　带着黑黑的皮肤安全归来

写这封信的朋友已准备远行，无法延宕，终于在我平安归来之前远渡重洋。

我们没来得及互道珍重，因为这一切都不能预知，所以，苏州有雨的夜晚，我拥有恬静的心情。

高高的窗台上，我坐着；信箱里，朋友的信笺孤独地躺着：

江南有雨吗？什么味道？

江南的雨，整整一夜。

那时也没料到，这绵密柔软的丝雨，天亮以后，变为倾盆之势。为了想到杭州去，我们在雨中奔波，求助无门，处处碰壁，几乎到了山穷水尽的地步。

那夜只有雨声缠绵，没有笙歌，没有管弦。

只有我抱膝独坐的侧影，成为江南雨夜里，一扇窗景。

在森林里种首歌

如果你在路上遇见一个人，他一边走一边哼唱着一首歌，也许五音不全，或者根本不成曲调，然而，你听得出喜悦的气氛，像一颗颗跳动的光粒子，与你擦身而过。这时候你会怎么想呢？他真是一个幸福的人啊！他最近想必过得称心如意吧，又或许他终于得到追寻已久的东西，也可能是他苏醒前梦见一群天使，在溪岸边的绿色草地上举行音乐会。

几年前，一个相识多年的朋友，开车载我在北海岸兜风。刚刚吃完一袋新鲜草莓，春天的阳光和暖风都很温柔，我们有整整一天的时光可以消磨。我在充满草莓香气的舒适车中唱起歌来，因为记性不好，每首歌只唱几句就换下一首，却也能生生不息，一副可以唱到天荒地老的样子。

朋友忽然转头望着我："从来没有认识过像你这么爱唱歌的人。"

我觉得不好意思："我太吵了。"

"不是，不是，我喜欢听你唱歌，虽然你从没唱完过一首歌……可是你总是唱啊唱的，好像很快乐！"

"是因为和你在一起，很有安全感啊。"

我笑嘻嘻地回答，避开快乐不快乐的问题。

因为在那时候，我多半的时间其实并不快乐。我在一种难以向人诉说的苦楚与忧惧中度日如年，因着好强性格的驱使，我命令自己不可以被打倒，一定要若无其事地过日子。每一天，我穿戴整齐去学校教书，企图将语文课上得生动有趣。字词的来源与考证也许很重要，而我更在意的是我们能从古文与古人那儿学到一些什么，也许是一种看待人生的态度，也许是一种超越苦难的方法。有许多次，当我写完板书，要花费很大的力气，才能转头面对那些满怀憧憬的脸孔，那些纯真年轻的眼睛，并且给予他们一个适当的、肯定的微笑，让他们相信世间的美好。

我并不是那么快乐，我只是坚持，不肯让痛苦掠夺了我的快乐。

一九九七年八月，我只身到香港教书，对新环境的好奇，完全掩盖了因为变动而可能产生的疑惧。我被安排暂住校园深处的招待所。因为尚未开学，校内人烟稀少，接待我的同事好心叮咛，天黑以后不要随便走动，这附近出过事的。几十个单位的面海宿舍只有我和一位高龄老教授居住，老教授善意地与我招呼：“你住哪间房？……哦，那间啊，白蚁特别多的……”我渐渐觉得脸颊上兴高采烈的笑意已转为肌肉的抽搐了。

寄给朋友的明信片上我写着：“住在这里就好像住在森林里，空气很新鲜，每天都在鸟鸣声中醒来。”

我只是没描述天黑以后的景象。

天黑之后，我便从宿舍走出来，在路灯的照射下，去到一幢大楼的门前打电话回家报平安。水银灯将四周都涂成朦胧的白色，像一层霜。夏末的夜晚，仿佛因为霜降，所有的人都消失了，一片辽阔寂寞的景象。我听着遥远的家人一声声问：“那里怎么样？安不安全？人多不多？”

“这里很多人的。学校嘛，当然很安全喽，不用担心。晚上都有人来巡守的。”

为什么我会知道有人来巡守呢？因为那已是我的第三个难以安眠的夜晚了。

第一夜，我在两房一厅的宿舍里整理行李，收音机里播放着音乐，DJ 有时会突然激动地扬起声音，我喜欢这种有人在身旁的感觉。坐在床上，我将折叠整齐的睡衣打开来，正准备就寝，忽然听见 DJ 喊叫一声，噼里啪啦，一阵火花，四周一片黑暗，静寂的黑。我怔怔地坐了片刻，这才意识到，停电了，冷气也没有了。除了书房之外，客厅、卧室、浴室、厨房，全都没电了。我将卧房的窗子推开，知道窗下不远处便是海，也听见广九铁路上的火车行进的声音。同时，我听见简直不可能会响起的嘀嗒声。那是客厅里的挂钟的行走声，可是，白天时我已经注意到它没电罢工了，停在不知道是哪一天的四点二十五分。我非常确定的，此刻，它却走得龙马精神，嘀嗒嘀嗒，在卧室里也能听见。

我逃进书房，将房门紧闭，这是出外旅行这么多次以来，第一个失眠的夜晚。因为难以成眠，我不断起身到厨房里喝水，便会看见定点经过窗外巡守的安保人员。天明之后，我伫立在挂钟之下发愣，它安安静静地，停在七点十七分，很无辜的样子，仿佛从来没有走过。

到了夜里，电力仍未修复，我又听见秒钟行走的脚步声，就在那样的声音中，我睁着眼等待天亮。

有一天，我得了急症，腹痛如绞。因为人生地不熟，担心休克了也没人知道，所以就离开学校，转换了一个多小时的车，去城里找一个旧识，那人曾交代我有事一定帮忙。我在那人办公室附近的 7-11 打电话，对方好像很忙，两三句就急着收线，我没透露出求援的讯息，只是平静地说再见。蹒跚走到店门口，我蹲下去等待另一阵剧痛的宰割。

回到学校的时候，已经好些了，只剩下深深的疲惫。小巴士载着我，在森林的入口处下车，然后，我必须独自一个人穿越黑森林回家。那晚的月色很好，将树影清楚地投射在地上，像一株株萍藻。夜风从海上吹来，有一种走在水中的凉意。忽然，听见歌声，在寂静的夜里，在我一向畏怯的森林中，我听见自己的歌声，持续着愉悦的腔调。

这令我觉得难以置信，却又有些明白了。

其实，生活中的琐碎、折腾和挫败，都是不可避免的。正因为这些困境来势汹汹，所以安然度过以后，便有了一种庆幸与感激。真正可贵的幸福，原来不是从快乐之中来，而是从忧愁之中来的。

后来，当然仍免不了有些恼人的事，便是未来长长的一生，也少不了的。但我知道，我将会记起那栽种在黑夜森林里的，恒久的歌声，像是一种幸福的允诺。

永不失去快乐的愿望。

枫叶又红了

夜寒，水汽将凝结成露。

移民加拿大的故人写信来：“枫叶又红了，仿佛只是一夜之间的事。早晚天凉，我缓缓踱步，一直仰着脸走，看这被红叶筛漏的阳光，十分适意。”又说，迁徙一年多以来，愈不寂寞，因为四周的中国人愈来愈多。信的结尾，则说：“这儿的枫叶才是真正的枫，我们以前捡拾并当宝贝收藏的，并不是枫叶。据说故乡根本没有枫叶，什么时候，到这儿来见识‘晓来谁染霜林醉’的风情？”

据说，故乡根本没有枫叶。

不知为什么，每想到这句话，便令我有一丝说不清的惘然。

初至外双溪为学子，头一个秋天，简直被校园里的红叶迷住了。纵使那时就有人说，这是槭，不是枫。但，对怀抱年轻梦想的我们来说，有什么分别呢？

寻出自己最钟爱的册子，或是一卷诗集，或是一本散文，将挑拣过的红叶，平放在扉页里，夹起来。待干透了，鲜艳的色泽不褪，制成书签，寄给朋友。

有时，并排坐在文学院前的台阶上，看远处山坡一大片枫叶，层层叠叠，金黄、橙红、彤紫，在风中翻飞，像燃烧着的火焰。我惊异于季节中的叶片，竟能变幻得如此多彩多姿，同时也知道，这片枫叶栽种在“素书楼”——一代大师钱穆先生的寓所。

几年以后，在喧嚣的质疑声初起时，钱穆先生搬离素书楼，毅然决然，毫不恋栈。

报上刊登了一张他临行前的相片，拄杖挺立，寻常布衣衫，九十高龄。忽然想起“布衣亮节”是否也是一种可敬可贵的仪型？

在人生即将步入终点的时候，钱穆先生以其真性情完成一种人格的典范。然而，在这价值观紊乱、道德感沦丧的时代，人们热衷于彼此攻讦、谩骂、冷嘲热讽，谁有心对这样的典范关注、聆听，或者思索呢？

此时，素书楼的枫叶，必然是红得落寞而惆怅了。

然而，校园里仍然有年轻的孩子，沿着台阶，弯身捡红叶。他们仍因为自己有这样的收藏而喜悦，也有把所有的红叶都称为枫叶的。

我喜欢那些还未蜕变为世故成年人的大孩子，他们总是把梦想筑在这片土地上，时常说，我长大以后怎样怎样，仿佛只要他们愿意，世界就会变成期望的样子。

成年以后，梦想逐一凋萎，沮丧、失望纷纷来袭，于是，远避他乡。

到时候，无论是槭树还是枫树，对于不再有梦想的人们来说，又有什么分别呢？

中 秋 的 卡 片

为什么中秋节没有卡片互相寄赠给自己牵念的人呢？好像圣诞节或情人节，明明是忙碌的，甚至有点疏离，却全然不必在意，可以理直气壮地问：你现在好吗？开心或者沮丧？有没有一点想念？

月圆的时候，我的想念如同沙滩的潮汐。

中秋节，我想寄张卡片，给那个也有明月一般皎洁面容的女孩，并且问一问：还在爱着他吗？那个要得很多、给得很少、总是长不大的男孩。思君如满月，夜夜减清辉。我见到她的容颜，曾因爱情而光华美丽，如今一日复一日，逐渐憔悴苍老。

我想寄张卡片，给许久未通音讯的男孩。不知他是否还记得，年少时的一次中秋夜，为了邀我共度，他请了一屋子的朋友，结果，我是当夜唯一缺席的客人。隔了几天，我去致歉，他只淡淡地说：“没关系的。其实，也只是胡闹。”但我听说，大半夜的时间，他都坐在门边等待，直到醉了。而他始终不知道，我没去赴约，是因为惯常说说闹闹的，突然胆怯了，虽然有满室的人声笑语，却不知道如何面对只有他和我的中秋夜。

男孩现在已经是男人了，大概可以懂得我突然胆怯起来的微妙心情。

寄一张卡片，给青梅竹马一块成长的伙伴吧。童年的中秋夜，左邻右舍的孩子最喜欢抢柚子皮，戴在头上当皇帝，当不上皇帝的孩子便扯着大人的袖子耍赖皮。切月饼的时候，谁也顾不得柚子皮了。一人拈着一块月饼，坐在小板凳上，又说起我们的梦想，说我们要组成一支合唱团，女生穿迷你裙、长靴，扎辫子，手腕垂挂金链子，男生穿短裤、短靴，胸前挂着亮闪闪的吉他。说我们要四处旅行演唱，像亲兄弟姐妹一样相爱相依，赚很多钱，让父母不必再辛苦工作，盖一栋很大的房子，大家都可以住在一起。长大以后全都散了。有的孩子早已走完坎坷仓促的一生，有的颓废流浪，放逐自己的灵魂，有的终日重复烦琐无聊的工作，有的还在寻找理想与目标。童年辉煌的梦已经褪色，我们将用什么来替代？

中秋的时候，我想寄张卡片，给一直在读着我的文字的你。无论你在哪里，热闹或者静寂，这是个非常中国化的节日，让你意识到自己的文化背景与情感方式。所以，尽管很想寄一张卡片，却终究没有寄。

只是含蓄地说：“中秋了。记得添衣，善自珍重。”

过 年

甩炮、龙炮、鸳鸯炮……多放几串炮，将过往的不顺遂全部炸碎，来年便可以兴茂昌旺。

“新年要怎么过？”朋友问。

“过。”我说。

朋友迟疑片刻，而后问：“什么？”

小时候读过一则童话，说有一只小老鼠天天盼着过新年，等了许久许久，等来了新年元旦，欢天喜地去找妈妈，要穿新衣戴新帽，领压岁钱。鼠妈妈向孩子解释，这个年并不是那个年，那个年还没到。小老鼠不服气："今天不必上学，就是过年放假啊。"鼠妈妈只好告诉小老鼠："有年糕吃的日子，才是过年。"小老鼠总是不相信，以为妈妈藏起了年糕，翻箱倒柜，终于找到了几块洗衣服的肥皂，颜色形状都类似，小老鼠高兴得跳上去大啃大嚼。故事的结尾是小老鼠腆着肚子，张开嘴，彩色的肥皂泡泡从口中直飘出来。小老鼠的滑稽模样，令我非常快乐。

我并不喜欢吃年糕，可是，企盼着新年的心情却和小老鼠不相上下。

新年的热闹气氛，是属于孩子的。

新衣新鞋，过年前就买好了，原是公务员的父母亲，为孩子圆的奢侈梦想，把鞋收在柜子里，时不时拿出来往脚上套一套，用布擦一擦，不到新年是舍不得穿的。好不容易等到那一天，穿戴整齐了，和邻居小朋友聚在一起，免不了要炫耀比较。孩子比较多的家庭，妹妹穿着姐姐去年的新衣，弟弟穿着哥哥去年的新鞋，是常有的事。孩子不懂得现实的辛苦，眼尖嘴又坏，嚷嚷着："啊，你穿的是旧衣服嘛。"那群兄弟姐妹手足情深，同仇敌忾："谁说是旧的？你们才穿旧的。"顿时，壁垒分明，谁也不让。

这情形维持不了多久，放鞭炮的活动，迅速将孩子们牵系在一起。彩色糖球似的甩炮、乱窜乱跑的老鼠炮、声势浩大的龙炮、在水里浮游的鸳鸯炮、钻入云霄的冲天炮、火树银花的火花筒……每年都有新发明、新花样。孩子们挤进低矮阴暗的杂货铺去抢购，堆积满溢的空间，充满浓浓的火药味。叼着烟的老板、抓着香的小孩，热烈交易着，那时候对潜伏在身旁的危机与灾祸，浑然不知。一场激烈的鞭炮巷战，添了不少伤兵残将，新外套炸破了洞、新长裤磨穿了孔，都只算小意思。有让炮冲进眼里，或爆在手中的，父母亲连夜去敲医院的门。我们这些劫后余生的，虽然尚称平安，也不免挨顿训诫。因此，我们几个女孩，便从巷战中脱身而出，天黑以后，走到村外一片松林里，点燃“金鱼火花”。它有个美丽的名字，细长纤巧，像一炷香，拈在手中，不响不爆。被香点燃，火花便从顶端像喷泉那样流泻奔涌。

没有危险，只是华丽，像女孩们对成长的憧憬。

新年的热闹气氛，在孩子们心中掩抑不住。许多规矩和拘束暂时都挣脱，可以迟眠、晏起、吃零食、喝汽水、掷骰子，赌一场小小的输赢。

等着大年初一放了第一串鞭炮，将过往的不顺遂全部炸碎，而后出门拜年。孩子们在火光、烟硝与纸屑飞扬中跳跃奔跑，跑着、跑着，便长大了。

搬离村子，忧郁的青春期，新年依旧热闹，热闹属于孩子，不再属于我。

家人和亲友聚在一起玩扑克，我固执地不肯与他们一道。坚持着自己的孤寂，一个人出门去，往荒僻的山边走。绕山的溪水上跨着一座吊桥，古朴的式样，形成一种动人的曲线。站在桥端，心中一片荒茫凄怆，对于未来，对于人生，觉得无望，何以如此孤独?

走到桥的另一边，溪旁的碎石滩上，站着一个独自垂钓的人。隔着一大段距离，我俯视着他，久久，他并没有钓得一条鱼。此起彼落的鞭炮声，隔空传送，仿佛也不能对他造成干扰。他不也是孤独的吗？而他却能够享受这种况味。孤独的人大概不少，或者，生命终究是孤独的吧。

也是在那段时间，我开始留意除夕夜的爆竹声。从午夜到大年初一早晨，鞭炮非常密集地响着。据说，上一年若不景气，那么多放几串炮，来年便可以兴茂昌旺。子夜一到，鞭炮声一刻也不停歇，远远近近，响彻通宵。

没有鞭炮的新年，就像一条枯干的河流。

曾经，在美国洛杉矶华人聚居的市镇里，过过一个干净、安静的新年。在中国餐厅里吃完除夕团圆饭，冷冷的夜空气，干燥寒凉。坐进车中，驶在街道，辉煌的霓虹灯与瑰丽的橱窗，交互叠映在车窗玻璃上，像是一路施放着无声的烟火。

但总觉得不像。

却不只因为鞭炮，香港也有明令禁放鞭炮，但年节气氛丝毫没有减少。传统市集里，人们摩肩接踵，选购春联、红包以及象征吉祥的橘树，景象奇特而有趣。走在市集里，感受拥挤和喜悦，嗅着干货、熟食与汗潮融合在一起的热腾腾的空气。那些喧嚣、吵吵嚷嚷办年货的人潮，不正是一串串燃放的爆竹吗？

我仍最喜欢在这里过年。谁说岁月无声？除夕夜的鞭炮燃放着的时候，我却以为听见了岁月递换的声响。

不管荒年、丰年，兵荒马乱或者国泰民安，终究是要过。中国人说“过年”，平淡的口吻，却意味深长。年，也就是一个不寻常的寻常日子。

旧的一年已经过了，新的一年还是要过。

花与灯

千百年来，中国人总是不肯错过与岁月重逢的欢喜。

看，繁华似梦，花也不曾留，灯也不曾留。只待明年此时，花还依旧，灯也如画。

看　花

曾经，在阳明山任教的那段日子，车行上山，总能自路径透露出来的讯息之中，探得花期。先是明媚的桃花点点，接着是绛艳的山茶艳艳，看见粉薄红轻与素白重重叠叠的杜鹃花恣意绽放时，我便忍不住打电话给朋友：“喂，要不要看花？”

挑选一个避开人潮的日子，我们上山。

在一座花棚下，游人鲜至的地方，发现遍地毛毛虫，朋友适时伸手阻拦，使我不致踩死它们。我微俯身观察满满一地蠕动爬行的东西，既没有竖起头发，也没有昏倒。刹那间，敏锐的感觉缓缓舒展，嗅着春日里蒸腾的潮湿幽香，碰触到蕴含生机的温暖空气。

我们退开，不愿惊扰。静看太阳筛过花叶缝隙投射的光影，并且，想象着一个彩蝶翩翩飞舞的夏天。

今年春天刚刚开始，我在花季里上了山，沿途杜鹃开得烂漫天真，失却章法，方才凋落便不可收拾。我从那些扶老携幼、光彩鲜艳的人群中穿梭，吹着肥皂泡泡的、架着摄影机的，一一掠过，企图寻找上次分享宁谧时光与生命蜕变的那座花棚。

朋友已在去年花开时节远走他乡。盘旋在迂回曲折的山间小道，我终于宣告迷路了。

但，思念着朋友的时候，并不是惆怅感伤的情绪，而是沉淀心底的温柔升起来，呼唤着季节的回忆，徐徐靠近。

比较亲近的朋友都知道我爱花，喜欢生长在树上的花，又甚于插在瓶里的。

到台中去演讲，接我的朋友执意要开一段长长的车程，去看一条开满木棉花的大马路。我们的慎重与雀跃，不只是看花的心情，更像是朝圣了。

一整排灼灿金黄的木棉花出现时，我们不约而同地嚷叫。

啊——唉。我的欢呼变为叹息："来迟了。花谢了……"

朋友掌着方向盘，焦急地命令我："抬头，向上看。不要看地上的落花，只看它的繁华。"

我深知朋友的好意，自然是感激，但我总是同时看见了美丽与哀愁。繁华与凋零，它们如影随形。

搭车回台北，走在高速公路上，大约是睡了一会儿。忽然，一阵又一阵干扰透入耳鼓，挣扎片刻，转醒过来，却见四面都是缤纷花朵。原来，路上分隔岛栽满了杜鹃，姹紫嫣红，肆无忌惮地开放着，由左边大片窗玻璃反映在右边玻璃窗上，顿时变作无尽花海。那些细细碎碎的声音，原来，竟是花海的波涛了。

北部的季节转换虽然晚一些，却捕捉不定。气温骤暖，嫩粉色、花形如蝶翼的羊蹄甲纷纷摇曳，易开易落。

早晨出门时，看见别人停放在巷弄中的车子，铺满纤柔如纱的羊蹄甲落瓣，迎风掀飞。假若车主人看见，将会皱着眉清除，还是享受"踏花归去马蹄香"的浪漫风情？

越过城市的尘烟灰沙，匆匆登楼，回到书房，拣出一沓被冷落许久的信纸，神秘地对异乡的朋友说话："我要告诉你一件很重要的事，是与这个城市有关的，关于它的身世和传奇。”

“直到今天我才发现，这城市发生了很大的变化，并理解到这件事的影响性。当然，有许多人仍是不知不觉的。所以，我告诉你之后，你一定要保守秘密，答应我，不对别人说。那么，我将悄悄地告诉你，那就是——木棉花已经开了。”

朋友或许正坐在华盛顿的樱花树下，一阵风过，花雨满天。但，读着这封信的时候，我相信，她将会强烈思念起自己成长的城市。

看 灯

开学后第一次上课，犹沉浸在年节欢庆中，教室里的学生，出席人数不到三分之一。预定讨论的课程无法进行，当然，也不能对准时出席的学生生气，于是我走到窗边。西门町正进入夜晚，霓虹灯勾勒出它的绚丽线条。还没来的学生不是迟到，而是缺席了。我知道。

“现在，我们该做什么呢？”

学生们议论纷纷，我听见“灯会”“看灯”这样的字句，模糊不确定，带着低抑的兴奋。我看着他们，用眼神询问。

那正是元宵节的前一夜，“台北灯会”在距离校区不远的地方举行，意态昂扬而优美的吉祥物——三“羊”开泰，正等着被点燃的璀璨光华。

“老师，我们去看灯好吗？”

我觉得心底有一处善感的地方，被温柔地撞击了一下，有些恍然。

“去看灯吗？”努力不流露情感。教室里异常安静，每个字显得特别清晰：“那么，我们还等什么呢？”

往灯会去的路上，因为心情的关系，连变化色彩的红绿灯，看来也有特殊味道。

学生们围在身边，说了非常简单的灯谜让我猜：“狼来了——打一种水果。”

我想到的是，说谎，长鼻子，嗯，甘蔗。

“不对啊，”他们惊叫起来，因为想不到错得这么离谱。我又猜了几种水果，自己都回答得十分心虚。学生们更是频频追问：“怎么会是这样？”而后发现这站在讲台上笃定自信的女子，其实生活得挺惊险。

他们忍无可忍地宣布谜底，是阳桃。

好吧，不愿放弃的他们又出了个更简单的谜题，还是打一种水果：“羊来了。”

羊来了？我沉吟，用眼睛博引旁搜，而后微笑地说：“我知道了，是草莓。”

我如释重负，每个打暗号的学生都有厥功至伟之感。

来到灯会门口，学生们比较去年和今年的风光，并问询我的意见。去年此时，我并不在这里，而在美国中部的小城。心里知道那天是元宵，也不过就是心里知道罢了，没有灯与月。前夜下了场雪，期盼许久，我坐在厨房的椅子上，看阳台外的雪景，真的是粉妆玉琢，一片琉璃世界。远离家乡，如愿以偿地看见了雪，但，心中的感觉只是安静。那种安静是不着边际的，混合着虚空。

此时置身于看灯的人潮中，摩肩接踵，却是截然不同的感受。大人把小孩举放在灯台上，与拥抱着金鲤的童子合影，像一对笑嘻嘻的小兄妹。成年人凑近灯下，被映照得发亮的脸庞，光彩焕发。无论取缔或驱赶都吓不跑的摊贩，也摇晃着两盏灯，热气和香味混杂在一起，是真正的人间烟火。

千百年来，中国人总是不肯错过与岁月重逢的欢喜，欣欣然赶赴所有赶得及的灯会。

我们在广场上的孩子中寻找，企图发现一盏纸制的或是自制的灯笼。来来去去，见到的都是大同小异的塑料制品，几乎要失望了。忽然，在远离人群的草坪上，我们看见一个小孩子，他身旁两侧各放着一盏椭圆形、造型奇特的灯笼，透射出昏黄的光亮。我们向那两团光走去，不由自主地。

无法置信地喧嚷起来，原来是凤梨，竟然是凤梨。孩子的父亲告诉我们怎么制作凤梨灯，在此起彼落的赞叹声中，面容安详。

放在地上的灯被提起来时，我们都闻到飘在空气中的凤梨香。新鲜果肉被烛火烘烤后的、属于热带阳光的气息。

道谢并且道别。

我们都领悟到，神奇的创造力可以掌握生命所有的可能。这是值得感谢的。道别以后，仍时时回头寻找，奇怪的是，愈行愈远，那对灯笼却愈来愈亮，将各式各样的花灯比得黯然失色。

偌大的广场中，最最美丽的，是父亲为儿子雕刻的，两盏凤梨灯。

众望平等

那天去出版社办事，在门口看见遍地燃放过后的鞭炮屑，赭红色的，细细碎碎，宛如坠落的樱花，有一种异样的美丽。

从温暖的吉隆坡回到台北湿冷的空气里，已是深夜。年节中的台北，交通特别顺畅，平日一个多小时的车程，四十分钟就走完了。居处的一楼骑楼间，总是挤满唱 KTV 和打撞球的人，此刻也只有一两个人吸烟徘徊。少见的空寂，使这城市看起来变得陌生了。直到我倚在枕上，忽然听见鞭炮在远处点亮的声响，才感觉到人的活动与祝愿。

鞭炮声彻夜未休，从醒时响进梦里，分不清是自己根本没睡熟，还是梦里也在庆贺。我并不觉得懊恼，因为那是最动听的、岁月的跫音。

小时候，年初一出门前一定要放一串鞭炮。如果前一年不顺遂，那鞭炮就放得更长了；如果希望可以发财，放完一串还要再放一串。香港是听不见的，吉隆坡也听不见，我在异乡过年的时候，总带着温情的思念，惦记着鞭炮声。初五开工那天更热闹，商家店铺与公司行号，都要燃一串长长的爆竹，整条街道的烟硝气味与浓烟弥漫不去，使人睁不开眼。那天去出版社办事，在门口看见遍地燃放过后的鞭炮屑，赭红色的，细细碎碎，宛如坠落的樱花，有一种异样的美丽。

原本以为马来西业并不那么重视过年，所以，特意选其为年假旅行地区。结果，我的估计完全错误。从除夕午后开始，店铺陆续打烊，年初一之后，差不多华人经营的店铺都放假了，这假日要放到初五乃至初十。街道上张灯结彩，喜气洋洋，刚好又赶上了华人最喜欢的龙年，各种龙的模型沿街陈列着。我看见的印象最深的一条龙，全身是用老姜拼垒而成的，远看还可以感觉到凹凸不平的金色鳞片，近看简直成为一种启示了，华人们的奋斗与地位，不就很像姜对于人体的意义吗？深埋在土地里，朴拙暗褐，却有着温和的药效，可以保暖驱寒。

那些悬挂起来的招子，大红镶金的，上面都写着几个字母“Gong xi fa cai”。我拼了许久，才揣摩出“恭喜发财”四个字。不仅是华人见面要说，连马来人或印尼人或是欧美人，大家各说各的语言，到了分别时，也要笑吟吟地说上一句“Gong xi fa cai”。从我们很小的时候，自长辈手中接过红包，被教导着要说的一句话就是“恭喜发财”。贫穷的人固然希望有钱，便是富豪也希望更发达，说这句话准确无误而且备受欢迎。

街市或是超级市场里，一堆堆的橘子鲜艳地堆起来，取其大吉大利的意思，连酒店也在除夕傍晚，一间一间房地送橘子。看着马来人的服务人员，送来中国进口的橘子，祝贺我们的农历新年，真是特殊的体验。暖红的水果盛在雪白的瓷盘里，格外可爱，使我们联想到冰雪一类的场景，虽然，吉隆坡热到三十摄氏度以上。

吃年夜饭时，红红绿绿的蔬菜，加上切碎的脆饼，再铺上鲑鱼与龙虾，浇上好滋味的酱料，捞鱼生的仪式开始了。这约莫也是最高潮了，男女老幼奋力用筷子捞着，据说是马来西亚的特色，又说是愈捞愈旺。看着大家伙儿认真地在盘中翻覆，我猜想，很多时候祈祷的大概还是发财吧。

通往吉隆坡的“天后宫”的车道堵塞到无法动弹，台北“行天宫”的宽阔马路也几乎瘫痪，这就是中国农历年的气味。放诸四海皆准。我喜欢华人世界里过年的气氛，纵使购物中心清淡得可以，但是，想到那许多四面八方相聚的家庭，想到那些分到了红包的孩子欢喜的笑颜，我也就感觉到了幸福。就算“Gong xi fa cai”市井俗气很重，我也喜欢，至少，不管贫富等级，在这个愿望上，可算得上众生平等了。

亲爱的，小孩

你是一张弓，你的子女好比有生命的箭，借你而送向前方。

看见一个幼小的孩子，有着那样怨毒的眼睛，我因惊悚而战栗了。

大约是在初秋的午后，骄阳特别炙人，我站在商店廊下等候公交车。来往车辆卷起阵阵烟尘，街景像一幅古旧的照片。

我突然注意到那孩子，是因为他走过时，有什么东西飘飞过我的裙摆，落在足畔。单凭直觉，我以为他遗落了东西，却发现是一支冰棒的外包装。孩子在街上边走边吃，一面任意丢弃垃圾。

当我年幼时，正推行“生活须知”，老师颁布诸多“必须”与“不可”，像圣旨似的，我们对此谨遵不渝。例如：上完厕所必须洗手，过马路必须看清红绿灯。又如不可在路上边走边吃，不可随地丢弃果皮纸屑等。成长以后才发现，影响长久而深远。直到现在，偶尔在异乡入乡随俗，拿着食物行走，却不知该怎样送进口中。

然而，这个背书包的小男孩，穿着我曾读过的小学的制服，很随意地把纸屑投掷在干净的走道上。

我看着他，一时之间不能确定自己的态度与表情。他也转身看着我，并且放慢了脚步。有一瞬间，我真的以为他会把垃圾捡拾起来，投进距离不远的垃圾桶。

但，他并没有。

他只是挺直背脊（即使如此，他的身高尚不及我的腰部），睁大双眼（而他有一对圆大明亮的漂亮眼睛），恶狠狠地瞪着我看。

假若，不曾真实面对，恐怕，我永远也无法相信，这样小的孩子，竟然有如此凶狠、充满怨恨的眼神。

看着他甩动书包，小小身子渐行渐远，我弯下腰，捡起犹存凉意的纸袋，感觉莫名的虚弱和疲惫。

在那片刻的无声对峙中，我显然居于下风，甚至输得彻底。因我一向不忍对孩子严苛厉色，总觉得他们是刚刚拆卸翅膀的天使，初入凡尘，需要特别温柔地对待。

是什么原因，令这孩子有如此防卫过当的浓烈敌意？

如果每个孩子，都像一支闪闪发光的金箭，我不禁担忧，射箭的是怎样的弓，拉弓的是怎样一双臂膀。

我在站牌下等公交车，公交车一直没有来。

你的孩子不是你的。

他们是“生命”的子女，产生于“生命”对它自身的渴慕。

他们经你而生，却不是你所造生，虽然他们与你同在，却不属于你。

到西安参观秦始皇陵及兵马俑，还没下车，就被入口处道路两旁排列的摊贩深深吸引。许多小贩提着一袋袋小型兵马俑兜售，而我躲过了那些阻拦，奔向色彩鲜艳的手工艺品。

那里有些满面风霜的中年妇女，展示着五毒图的被袱和虎头鞋，多半是给小孩子用的。

“五毒被”以鲜红或宝蓝做底，用布制成的蝎子、蜈蚣、蜘蛛、毒蛇和蟾蜍，安妥地缝成一圈，为孩子驱恶辟邪，保护着他们无病无灾，顺利长大。其中有一份固执的、深厚的宠爱。我因为知道人力的微弱，乃向最毒最丑陋的力量求助。

哎呀！看这个鞋。看见虎头鞋的时候，我欣喜地嚷出来，忍不住的痴迷，忍不住笑呀笑。

妇人们拿着她们最得意的杰作，团团围拢过来。虎头做得精神奕奕，颔下雪白的须毛，在风中振振舞动，鞋子与手掌一般大小，正是为初学步的小孩儿准备的。

我捧在掌中，反复观看，买了一双又一双，朋友过来拉我走开，我仍依依不舍。车子开动之前，觑得个机会，又溜下车去买了两双。

看着这些小鞋，想到的却是一双双肥厚粉嫩的小脚。着鞋之前，就如同一头乳兽；着鞋以后，站立、行走，渐渐走出了人的姿态。我们应该给孩子一双可爱的鞋，使他们喜欢这种束缚，习惯于承受做人的快乐与苦痛。

“你有很多孩子吗？”妇人怀疑地问，她卖给我一双红色小棉靴。

我直觉的反应是摇头，然而，停了停，却又微笑地点头了。

在这个世界上，没有一个孩子是我的，却又没有一个孩子不是我的。

这是我的秘密。

你可以奋力以求与他们相像，但不要设法使他们肖似你。

因为生命不能回溯，也不滞恋昨日。

昆明的石林，在清晨苏醒，当我们穿梭在那些嶙峋怪石之间，雾犹未散尽。

朦胧天光里，看见那几个穿着少数民族服饰的小女孩，跳跃而来，我们的眼眸突然亮了。

她们面庞清丽娟秀，轻盈地游走在石林区，像从容漫步于自家庭院，向游人展示特殊风景，不时发出银铃似的笑声。那样淳朴、快乐、生动的容颜。

一个小女孩，伴我走着，突然吹起笛来，我站住，惊诧地看着她随手拈来草叶，抿在嘴边，吹出悦耳的乐音。

“哪！这种叶子吹不响的。”她扔掉我的叶片，寻找新的草叶递给我，耐心教着吹法——“成啦！”她开心地，顺手拉我一把，说，“看脚底下，小心哪！”

她一个转身，失了踪影，却在下一个转弯处，笑盈盈等待着，手中拿着一方石块，敲着旁边一座岩石，发出笃、笃的声音，鼓似的低沉回荡着。

其实，我已经听见了，但，她不放心，让我贴靠在岩石上，神秘地、轻轻地问：“听见了吗？”

是的，我听见了。

不仅听见，我还看见了一位神话中的小公主，在这美丽山水中，悠然自得。

我们跟着她们走，像是着了魔一般。然而，在接近出口处的地方，看见遥遥走来的公安人员，小女孩的脸色全变了，她们因恐惧而闪躲、不知所措。

不明白她们为何那样害怕，但，见到其中一个女孩微微打战的时候，我便觉得愤怒了。

朋友跨前一步，挡住两名公安，说是我们迷了路，烦劳小女孩领路，请不要为难她们。

“她们是小偷啊！”公安大声说。

“不是！她们不是！”我们的声音更大，仿佛遭受了不白之冤。

“你们这些观光客最麻烦！”公安也愤怒起来，“跟你们说了不相信，被偷了、被骗了，又来找我们！我们有什么办法啦！”

持续的争执中，孩子们早已隐遁，只留下她们攀爬过的青藤、敲击过的岩石，少了叶笛的悠扬，显得更静寂了。

我们在出口处排列两旁的摊贩中，看见了那些孩子，她们正口齿伶俐，拉着观光客讨价还价，尖锐的童音高拔着。

看见我们的时候，嚷叫得更大声了：“小姐！小姐！来看看，要不要买？算你便宜哟！来看看——”

看着那些熟悉的面孔，此刻完全不同的神情，蓦然有一股难喻的惆怅。

而我一直握在手中的叶笛，也就在讨价还价、挑挑拣拣的混乱中，不慎遗落了。

你可以给她们你的爱,却非你的思想,因为她们有自己的思想。

你可以供她们的身体以安居之所，却不可禁锢她们的灵魂，因为她们灵魂居住的明日之屋，甚至在梦中你亦无法探访。

两个小学生推推拉拉地经过西药房，一面诵读着贴在墙上的小广告。

“专治青春痘。”小男孩说。

“减肥良方。”小女孩说，咯咯地笑着，一边瞄了瞄体形丰腴的同伴。

“补……”小男孩注视着广告，顿了顿，“贤丸”，他说，“补贤丸。”

“什么？‘贤’有两点，这个字又不是‘贤’。”小女孩急促地说。

“他写错字啦！忘记写两点啦！”

“乱——讲！”小女孩扬起手中小提袋，不轻不重地，敲向男孩的头，男孩熟练地偏开身子，躲过了。

“那你认识呀？这是什么字？什么意思啊？”

“我为什么要告诉你啊？你那么笨。”

“啊哈！你也不认识！”

“你管我！”小女孩突然生气了，扔下小男孩就跑。男孩叫着她的名字，追跑上前，书包发出哐哐啷啷的声响。

所幸，他们迅速跑过了，否则转角处的面摊旁，满墙贴遍牛肉汤海报，正以妖冶浓艳的炫目圆形展示着。或许，他们早已惯常这样的背景了。

那时，我正替编译馆撰写《小学古典诗歌导读与欣赏》，用说故事的方式，让孩子们领略心灵的美感。

从来，阅读、写作对我来说，都是一件喜悦的事，却不曾如此虔诚。我一个字一个字小心地书写，告诉孩子们，洗手做羹汤的新嫁娘，有着怎样忐忑的心情；走在纷纷细雨的清明节，出外人是如何凄凉寂寞；共饮长江水的相思，何等绵长深刻。

诗词中的喜、怒、哀、乐，经艺术的淬炼升华，纯净而沉静，莹莹发光。

但，孩子们能感受吗？会喜欢吗？

不知道啊，他们有自己的想法。我们所能给予的，只是一点想象的空间，如此而已。

时序入冬，我去赴一个约会，和好友及她的孩子碰面。

那小孩儿还很幼小，尚不识字，因此，大概没有“贤”与“肾”的困扰。他把额头抵着玻璃窗，呵着热气玩。我们聊得正起劲，没有人理会他。

“会不会下雪啊？”孩子忽然转过身，问我们。

“哎呀，不会啦！”那母亲敷衍地，她被太多真实的问题纠缠，不耐烦这些假设的问题。

“为什么不会？”

“台湾怎么会下雪？很冷很冷才会下雪啦！台湾很冷吗？”做母亲的一连串地说着。

孩子想了想，在母亲再度拾起话题时，他说：

“可是，我觉得很冷很冷呀！为什么还不下雪？”

“拜托哦！”母亲的脸色变了，“你不要找麻烦好不好？”

“秋秋，你来！”我把孩子牵到身边，告诉他，下雪的时候，非常非常冷，风吹在身上，好像刀子，割鼻子，割耳朵（我说着用指尖划过他的鼻子，拧了拧他的耳朵，孩子笑着扭动身子），痛痛麻麻的。

“真的啊？”他看着我。

“真的,如果有一天,非常非常冷的时候,就会下雪了。”我说。

即将离开时，孩子看见饭店透明的电梯，欢呼起来。我仍记得，成长以后，也曾因为好奇，央着朋友陪伴乘坐透明电梯，这样的心情，并不太远。

“叫阿姨陪你去，我可老了，怕头晕！”好友兴味索然地说。

“快点儿！阿姨！快点儿，要起飞啦！”

“什么起飞？”他的母亲矫正着，“又不是飞机！”

“准备好了吗？”我按了最高层楼的按钮。

孩子的面容因兴奋期待而焕发光彩，他用力点头。

于是，我们起飞了。

我蹲在孩子旁边，电梯升起时，我们看见他的母亲，孤独地坐在咖啡厅，看着我们，挥手招呼。

“跟妈妈说再见哦！”

“妈妈再见！拜拜！”孩子热烈地舞着小手喊着。

愈升愈高，电梯外悬挂层层灯饰，在流动的速度中，幻化成晶莹的雪花片片。

孩子终会长大，成为我无法企及的未来，然而此刻，大雪纷飞，让我陪他一段，小小的飞行。

行过翠微路

却顾所来径，苍苍横翠微。

每次上山，就有种企盼写信的冲动，下了山，这样的念头便打消了。写信突然变得艰难，若只述山色阴晴，似乎显得唐突；若要叨叨从最初谈起，太多怅惘怎堪细述始终？

之一

初次单独行过山道，走入一重重宫殿似的建筑，琉璃瓦、粉白墙，宛如迷障，无端地令人恐慌。

有几十个年轻孩子，等待在教室里。那坐在窗边，唇角朦胧带笑的；那睁亮一双好奇眼眸，面容因专注而光彩焕发的；那有意无意，总转头寻索另一对黑瞳的，不正是我的同窗、我的邻座、我的二十几岁？所有的一切混合成特有的气味，因太过熟悉而错愕。其中偏没有一个座位是我的，我的座位不在那里，在几乎与四五十个男孩女孩对立的讲台上。

今日以后，我所扮演的众多角色，又将添一个新的名衔：师。

一支支粉笔，雪白的，在我指尖磨短、锉断。桌上恒置一杯茶，热气蒸上杯盖，化为水珠，纷纷再滑入茶中，常常是被我遗忘的。

成长以后，唯一值得自豪的是：我乃重然诺之女子。因此，事事不轻易许人。一旦为师，便与学生订下盟约，只恐做得不够多，不够好。偶尔有暇，忍不住要去阅读一些藏在眼中的心事，只一照面，便感受到眉宇间的阴晴。

终于知道，那片大黑板，不是老师的倚靠，而是必须沉重背负的责任。讲台并不是使老师高人一等的工具，只会让人在看得更清楚以后，感觉岌岌可危。我不禁羞愧，为了往昔课堂上一场不完整的瞌睡、一张从老师身后经过的纸条、一次忍不住叫唤的耳语，都是不曾自觉的轻忽。

直到此刻，方才一一知晓，悟到这原来也是一场轮回！

每周上山一回，总有旅行似的欢愉。我恋着山道的风情，更恋山上的人情，丝毫不觉赧然。山是自然的，人也是自然的，都能使我产生兴趣与好奇。

之 二

那年夏天，披垂好容易蓄长的发，身着粉色藕衫裙，执柄长茎荷花，袅袅婷婷，侧立回眸，扮出个在神仙洞府幽居的何仙姑。舞台上且歌且舞，口里吟的是“满怀闲愁阁”，举止态度却是孤芳自赏。我是青春正好的现代女子，不愿也不能了解：不老仙姝，千百年相同的寂寞心情；因注定不平凡而拥有的悲哀。

那时候，我不懂；现在，宁愿是那时候。

那时候，什么事都简单。一群人夜以继日聚在一起，风雨无阻，只为了对戏剧的执着。在那方舞台上，结识一群华冈男孩，彼此信任，互相帮助。敷上脂粉，所有情绪都在眼中传达交流，观众感受不到。剧终谢幕，有时自己也难以置信，在那众人目光汇聚的小平台上，完全不相干的人，精神上的亲密契合，竟可以到令当事人惊骇的程度。

洗去铅华，有一种悠闲的轻松。我把自己安放在角落，听男孩们提起山上清凉的空气。燠热的黑夜里，这是个好话题。

某个男孩突然回过头，笑嘻嘻地说：“仙姑！改天我骑车载你去山上看台北夜景，好不好？”

电扇摇摆大脑袋，嗡嗡作响，费力又不开心。

何仙姑笑了笑，不置可否。男孩把电扇扭慢些，更认真地说：“很漂亮哦，你一定很喜欢。好不好啊？”

“好啊！”这次是我的回答，明确清晰，“当然好啊！”

于是很单纯地相信着。夏天结束，秋天、冬天，循序走过，然后第二个夏天，第三个夏天，第四个夏天……非但没再见过面，连音讯都已沉寂。

曾经深情召唤过的舞台，我如今的选择是远远地离开，因它每造就一场繁华，必以更长久的荒凉相殉。

逃离小舞台，才发现，我们所生活的都会，其实是个更广大的舞台。无数个帷幕升升降降，掌不住的喜怒哀乐，排不定的悲欢离合，算不准的荣辱得失。

更深沉的是繁华与荒凉。

关于那座山，我陆续和不同的人，随季节变换订下计划：赏花、避暑、拾枫、踏雪。然而，结果总是一样，凡与这山有关的一切盟约，全是镜花水月。山，是一直等在那儿的；人，却未必如此。

之 三

或许，大多数的时候，这山只停留在盼望中，因此，充满着想象的神秘。

其实，不过就是可以供行车的道路，蜿蜒直上，一边是山壁，栽满深翠细竹，葱郁相思，在季节中成熟的橘树；另一边便是大台北，拥挤的高楼，密布的道路，常年静卧的淡水河。隔着这样的距离俯视，这个城市，被薄淡烟尘笼罩，蓦地增添几许脆弱柔美情调。这山道，原是年少诸多梦幻中，鲜明的一桩，而今落实在寻常生活。

校园旁有些红顶白墙的花园平房，形成一个优雅宁谧的社区。初秋晴朗的午后，和班上一个圆脸大眼睛的女孩缓缓走过。篱笆上的蔷薇试探地伸出白色花苞，仿佛察觉到往来行人的善意，准备恣情怒放。

女孩走着，便忍不住轻轻跳跃，时时仰头，纯稚地笑。我完全了解，这样的心情离我不太远，追究起来，因为阳光，因为山风，因为花草香，因为年轻啊！

“老师！”女孩仰脸看着碧蓝天空，“我有个梦想，住在这样的房子里，早上起来，推开窗户，用透明玻璃杯喝鲜奶。然后，牵着小狗去散步……”

我也曾有过类似的盼望、憧憬，有关花园平房、早晨盛在高脚杯中的鲜奶、颈上系蝴蝶结的小狗。要很久后才发现，这些都太奢侈。

不要告诉她——女孩终有一天会面对真实，但此刻，让她拥有更多悠游的想象，她正青春年少。

至于我曾有的热烈奔放，逐日敛息，犹未销尽。如一蓬火，燎烧之后，焦黑边缘镶上灿亮的鲜红丝络，寂静、缓慢，忍受痛苦却又全然无怨地辗转翻腾，竟似一种绝美的牺牲，化为冷灰以前，每每摄人心魄。

之　四

曾经，弄不清是怎样的心情，车过士林，总禁不住微仰头，远眺那幢巍峨建筑，高居山顶。或许因为接近太阳，每个角度都闪耀。

“那里有着什么样的天气？”有时，同行友伴因着我的好奇而疑惑。

许多年后，我伫立在那雪白墙下，看乳燕返巢，筑在皇宫檐下。不在王谢堂前，也不在寻常人家。

山下看着是云，近了以为是雾，直到置身其中，才能感觉是那沾衣竟也不湿的丝雨。

雨中的华冈，一切都迷蒙，远处近处绵延起来，蓦地无限宽广，没有边缘。假若再刮一点风，牵动木叶，衣袖被灌满，人几乎可以飘浮。

每次上山，就有种期盼写信的冲动，想把自己一路行来的情绪封缄，寄到远远的地方，给久未联络的朋友。下了山，这样的念头便打消了。写信突然变得艰难，若只述山色阴晴，似乎显得唐突；若要叨叨从最初谈起，太多怅惘怎堪细述始终？

有时也会认真回忆，最后一次书信往返，是谁耽搁的？为什么耽误的？

时常是想不起来，正像其他许多事，错过了，当初也是不经意的。

终于提笔，墨色鲜明，灯下疾书：“回首向来萧瑟处，归去，也无风雨也无晴。”

写在日记里，还是选择了留给自己。

之　五

八月，都市里燠热窒人，与朋友上山，走长长的路，寻一处幽雅所在吃晚餐。

那所在凭山而建，玻璃窗片片相连，全朝向夕阳最后崩落的方向。霞光逐渐敛退，莽苍无声无息，从每个缝隙流进来，分不清是暮色，还是树影。

庭院有浅浅的流水，弧度很大的小桥。各式禽鸟，俱成双对，安适地展翅或啄食，时间在此无限制地延伸。

店主人想让来客涤尘参禅，我却在其中感受更深切的温柔，一种对红尘世情的眷恋不舍。

归去，山径寂寂，回顾那红灯融融的所在，的确是我最喜爱的。却不知何时会再来，或者，会不会再来。

朋友也不能确定："下一次，不知和什么人来。"

带着一点笑意，一点迷惑。

这是一份共有的无奈吧！我想。总是料不定，应该到什么地方去，应该与谁同行。

正式成为教师后，夜里，接到一位故人电话。每次在电话里，看不见对方的眼眸，声调总格外热烈。谈着，话题转到那座山。

"我有个朋友住在山上，他家的浴缸在室外，一边泡在里面，一边可以欣赏大台北的万家灯火。你要不要去？你不是喜欢夜景吗？很安全，很隐秘。我带你去好不好？"那一头等不到回答，兀自轻吟，"春寒赐浴华清池……你想，杨贵妃看得到这么美丽的夜景吗？"

听筒使劲压住柔软耳骨，感觉疼麻，我禁不住叹息。

“开玩笑的。”那头的笑声极不自然，“把你吓坏了？好人家的女儿怎么可能做这种事！”

因为我的延宕，这话题，今生恐怕都不会重提。然而，心中仍有些放不下的牵念：真有那样奇特的浴缸吗？仰头可以看天上流动的银河，转侧可见人间燃亮的灯火？

是真的吗？或也只是一句玩笑？

到底哪些承诺只可一笑置之？哪些盟约必须固守三世？成长以后，因为不能分辨，而成了生命中一则无法解释的悲伤。

与一个可以长久相随的人，去一处向往多时的地方，不拘山或水。静静对坐，以非常稀少的字句，交换一些肯定的、可持续到最后的言语。

假若，一个二十六岁的女子，全心全意坚持这样的愿望，是不是可以，终究可以成真？

之 六

端午节才送走，又准备迎中秋了。太平岁月容易过，每天都理所当然。

然而在山道转弯处，响起尖锐刺耳的刹车声——来不及，什么都迟了！山林、山花、山鸟，眼睁睁看着惨祸发生。

那辆游览车载着长青会的老人们上山游览，原是一次欢乐的旅程。擎着麦克风的阿婆，因着一首民谣，想起初恋的娇羞；合眼假寐的阿公，想起庙前一群弹唱的友伴；阿伯正转头对邻座阿婶谈起爱听故事的孙儿；阿婶想着家中甫满月的囡仔……他们都听见刺穿耳膜的摩擦声，如拉满弓射出的箭，任谁也无法阻挠地，奔向死亡。

不能相信，直到最后一刻，仍是不肯相信。

现场逐渐凝聚成整齐的“南无阿弥陀佛”，有时掺杂着的啜泣呜咽，而终于占领天地，成唯一的、介于生死之间的声音。

有个服役的朋友，因着学医，志愿充当担架兵，喘息奔跑在崎岖山径与阶梯上，一趟又一趟，企图在死尸中寻找一丝气息。

“到最后简直快瘫痪了。”他在信里这样写道，“有许多不相干的民众准备了冰水、饮料，在途中替我们加油，还有力量的民众也下来抬担架了。我常想到那天的惨状，滴血的山路、血腥的气味，还有满路烧冥纸的气氛……”

究竟有多悲惨呢？我在灯下与这样的境况遭逢，忍不住泫然。

初秋晴空万里，时常连一片云都不见。山道经过清理，看不出一点痕迹。

肇事车被拖吊上来，不知为什么搁置路边，早已挤压变形，色彩却那样缤纷鲜丽。

午后下山，再次经过，竟见到几位金发洋人，站在车旁，好奇欣然地摄影留念——大好阳光，明媚山色，与一件造型特殊的景观艺术。两个女孩换个角度又拍了一张，笑容烂漫天真。

那扭曲的车体，突地不再带有痛苦，仿佛恢复到启程的欢愉。

这是多么荒谬?

但，极惊愕之后，终于明白了。

人世间不论多么悲痛的事，禁不住几回日落月升，终得成为陈迹。那些当事人生命里的刻骨铭心，顶多成为旁人茶余饭后的云淡风轻。

这样看来，没有一件不幸与苦难，是必须执着一世的。

即使像梁山伯与祝英台，以身相殉的至情，千百年后，不过成为比翼彩蝶，装点春光的一则传奇。

只要一点点哀愁，许多的美丽。

原来如此。

永恒的倾诉

每到除旧布新的年关将届，母亲打扫完家里每一寸地方，便站在我的书房门口，往里面张望。看着那些堆积在角落已经好些年的纸箱纸袋，她说："该清一清了吧？都好多年啦。"我便埋首在书堆或计算机屏幕前，假装很忙碌的样子，说着"好啦好啦，有空我会啦"。母亲摇摇头走开，知道今年又没希望了。我把头抬起来，转向那些已经蒙尘的堆积物，箱子里是我远行时朋友们写给我的信。在美国的大半年，在香港的一整年，几乎每一天，信箱里都会有一封信，满载着思念与倾诉，我在打包的时候便带着它们一起回来，像一个记忆的保险箱。它们是我的收藏，是我的珍宝，要怎么“清一清”呢？

《先知》的作者，中东画家、诗人纪伯伦在《情书》中写着：“在生命憔悴的时刻，心灵被失望占据，我就读你的信……你的信使我想起真实的我，让我审视我自己，让我远离丑恶和污浊，避开生命的堕落。”这确实是我必须保留住这些的原因，我不想失去真实的自己。

自少女时代起，我便很爱写信。每天放学之后都要写长长的信给同班同学，信里谈到阅读，谈到生活琐事，谈每一种细微与感伤。同学读完我的信有时回复有时不回，而我根本不以为意，只是需要倾诉。后来我常在剖析自己的创作经验时谈到这一段，并且认为这便是我写作的启蒙与磨炼。“这么说起来，我也挺重要的嘛。”我的朋友瑞瑞有一次忽然意识到这件事，忍不住得意起来，然后又有些认真地说，“那时候其实蛮担心你的，觉得你那么敏感，可能会自杀。”瑞瑞说她搬家的时候总舍不得把我的信丢掉，一笔一画，那么唯美的那个十七岁女生，早已从这个世界消失了，却还住在她的信盒子里。我和瑞瑞关心的事一向不同，生活情调亦有不同，想着她的信盒子里珍藏着我的信，就觉得格外温暖。

不管是情人还是朋友，喜欢一个人的时候，便想要给他写信，仿佛是借着书写，将自己的一部分留在了他那里。写出来的每个字都那么具体真实，可以一再揣摩，也就产生了力量。与情人远隔十万八千里，但我相信以吻封缄，他便能感受到爱意；与朋友许久未见面，但我相信有我的理解与安慰，他便能从失去爱恋的打击中恢复勇气。

我最不喜欢做的事就是把信“清一清”。年轻时一直和一个男孩子通信，他不善言辞，信却写得动人心弦。后来，为了让自己断绝对他的想念，我决心烧掉那些信，特意买了一只烧锡箔纸的圆桶，花费了一整个下午。顶楼风很大，银色的纸灰从桶里飘出来，火和烟使我呛咳，泪如雨下。纪伯伦的《情书》里写着：“每个人都需要一个避难所。我的灵魂避难所是一片丛林，我带着对你发自心灵深处的情感的理解，生活在其中。”于是我明白，那天下午我放火焚烧的，原来是一片丛林，我的避难所。

那些尘封在纸箱里的很多情感都变易了，使我不忍开启。读着远去的岁月里的信，总不免感伤，那曾经专注聆听的人已不复存在，甚至连写信的人也杳不可寻，只有这信，仍款款深情地、不断地、永恒地倾诉。

第二章

我爱你 最好的距离

你是我生命的缺口

1

山是沉默的，我说。

邂逅了这些年，你一直用极大的制约和耐力，安静地守候成山的姿态。

于是，我说，山是沉默的，无论岩石或林木，都很端整肃穆，只在白云缠绕之际，显现一点温柔。然而，某些时候，仍是禁不住，以轻灵的山泉或激越的瀑布，透露掩抑不住的秘密。

关于你和我和爱情的消息。

你点燃一支烟，不很顺利地。片刻之后，将烟捻熄，转头望向窗外，似乎是专注地，双手交握在桌面。

轻微却很清晰地，你说："你是我生命的缺口。"

我知道。我知道这句话的意义，因此，竟想不出任何言语。

到你山中的屋里去的时候，无论天气多么炎热，我总穿一双雪白的袜子，因为不惯在潮湿冰凉的石板地上行走。

有一次，你突然认真地问："袜子里面是什么？"

你以为袜子里是空无一物的，你以为这个穿袜行走的女子其实是不存在的。

如同来时，我们越过一条上坡的小径，你倾听以后，停住脚步："为什么听不见你的气息？"

我只是呼吸，并不喘。

"我害怕你突然停止了。"你的眼里有着想象的恐惧。

我在你的石板地上，总是跑得乒乓响，以确定自己曾经来过，而不是一场令人怅惘的梦。

每届冬季，你便关闭山屋，变得更加安静。

那年，山屋在初秋便关闭了，当我孤单寻来，门锁已然锈蚀，窗缝新生绿草，我知道，它的主人必然远去，跋涉万里之遥。

我将白色的长茎荷花插进门环，便离去了。

（采之欲遗谁？所思在远道。）

你是我生命的缺口。我始终没有说，又怎能企望你了解。

（同心而离居，忧伤以终老。）

但，我后来常常想起那只古老泛绿的门环，一个没有缺口的圆圈。

失去缺口的我和你，是否将拥有比较圆满的生命？或者，仍然活着，却任性灵崩散，渐渐流失？

2

赴美之前，你问我最想看的风景是什么。

金门大桥！

我的欢呼如风，吹掠过浩瀚海洋。

旅途中，竟然没有错过你的信：

算一算行程，你还没到旧金山

我的梦魂却已登上金门大桥

那桥真红　便是在黑夜中也不褪色

桥下是海　海上有雾

你若来时　观看风景别忘眨眼

免得让雾湿了睫毛

你若来时　赶在太阳初升以前

应当可以看见　我在晨光中渐渐淡去的身影

我到桥上时，太阳已升得很高了，那桥缆、桥栏，甚至连桥畔的路灯，都是鲜艳亮眼的红色。这是一座通往金矿的、通往辉煌梦境的巨大门扉。若干年前，许多离乡背井的人，便从这里展开一生的追寻。

那桥始终固执地红着，在许多人记忆的夹层里。

可是，这一回，登上金门大桥，我看见，桥的另一头，已变为黯淡的银灰色。

据说，这种红色的涂料，会散发有害气体，不得已，只好改变金门大桥的颜色。

美丽与现实，哪一样是应该执守的呢？

风吹得令人睁不开眼的时刻里，我突然莫名地惊惶起来。

3

那时候，我们大约是爱恋着。我向你询问，曾经，我自黄昏的北京城寄给你，一张故宫明信片。

我们并排坐着，中间搁置一杯汗流浃背的加冰可乐。初夏的台北城，听说在这片公园的林子里，可以看见一些美丽的鸟雀。

（孔雀东南飞，五里一徘徊。）

而我突然想起那幅被夕阳镀金的紫禁城画面，于是，忍不住向你问起。你迟疑片刻，很明显的延宕。

好啊，你把它扔了！我嚷着，以戏谑的心情做出伤怀的神气。

不是的。不是这样的……你很焦虑，在我的注视下，努力地想把事情说清楚。像往常一样，我又困扰了你。

我们看鸟吧。我叹了一口气。

后来，没过多少日子，你的信来了：

你写的信都不在人世间了

包括那张明信片

时常我看你的信，眼眶会一阵湿热

因为那都是你用“心”写的

通常我会把信带到一个特别好的地方才拆开

可能已经一段时间以后了

因为我要用心看你的心

我一个字一个字看过，再一个字一个字看过

再闭上眼，用心去感受

再睁开眼，发一阵很长的呆

“凡美好的，必不长久。”你常这样说

把你的文字很仔细地撕成一丁点一丁点的

丢撒在垃圾桶以外的地方

你的心沉浸在我的灵魂里

不在信上了

我逐字逐句地读熟，有一种被分裂的痛楚，混合着深沉的悲喜交集。

我把最珍爱的信纸拿出来，以类似昙花的心情，给你回信。这纸来自江南某个环水的小城镇，一片不知名的树林，一条清澈流动的水域，岸边开放着素雅馨香的野花，造出柔软细滑的白纸，浅浅淡淡，印着梅兰竹菊的图形。

但，我知道，这信是不能保留的，只怕信上的心情也不能。

昙花盛开在此时，凋谢在下一刻。洌香突然消散，花朵整个萎缩，骨化形销，最彻底的死亡。倾尽全部的可能，竭尽精魂来诠释，这样的一生，大概可以了无遗憾了。因此，我用特别虔诚纯净的心情，向你诉说：

这种信纸，在深夜里碎裂的时候

也许会有特别缠绵的声音

当爱情离去以后，一个寻常的静夜，无意中触到那些未用完的信纸，梅、兰、竹、菊，四季自指间翻越过去。

突然，我听见一些细微而喧哗的声音，自窗前迅速穿越。大概是夜太静了，我听见，一些幽灵，赶着去投胎的声音。它们是世间情人各式各样的承诺与盟誓，旋生旋灭。有的面目是如此纤柔美丽，有的却粗糙拙劣，有的经过细细雕琢，有的根本就是急就章。但，因为人间的需求太殷切，它们便又推着笑着，兴高采烈，再度奔返红尘，旋灭旋生。

冬夜的静寂近乎真空，我轻缓地，将那些不再使用的信纸，放进脚畔取暖的火盆。

江南那片造纸的树林，依然在风中吟唱小调吗？水流两岸的景色仍然如旧吗？

（昔时花映水，今日水流花。）

平静地俯身靠近火盆，隐隐火光把脸颊烤暖，仿佛是专注倾听的姿态。

你听见了吗？

这种信纸在深夜里燃烧的时候，的确有着特别缠绵的声音。

4

当我在爱着的时候，是如此患得患失，惶惶欲碎的心脏充满不安与危机意识。我无法沉醉，必须清醒着、警戒着，恐怕随时会失去爱情。

其实，我只是被悬荡在幸福与忧伤之间，不能自主。每一分钟，遐想的绝望便要经过一次。

因为我的心是如此不平静，所以在纸笔之间的爱情，便透露着犹疑和离弃。我只是与爱情错身，因太在意，竟然没有投入。

当爱情离开，并且确定已经走远，到千山万水以外，于是，我才聆听，并且听见遗落在山山水水之间的情爱对话。我听见每一声清淡如溪水淌流的话语，原来都是最深沉的承诺；我看见每一次临别的瞬间旋身，原来都是最热切的难舍。如同沉静以后的水，映照最清晰的倒影，这才惊见它的完整与美丽。

当爱情离开以后，我才缓缓堕入一种单纯的甜蜜幸福、宁谧祥和，因为确知，自今尔后，不必担心还有什么可以失去的。

然而，当我们都老了的时候，那些承诺已历经几次轮回，你还会不会想起我？

你将以怎样的心情想起我？

我爱你最好的距离

距离——两个人之间，是最短的也是最长的距离。

阅读报纸杂志上解答感情与两性关系的信箱，看见一个离异女性，因为前夫的冷淡对待而黯然求去，如今峰回路转，柳暗花明，遇见一个热情深爱她的男人。这男人每天一定要抽出时间与她做心灵上的沟通，他们很亲密地交谈，交换许多细微的感觉，然而，这男人夜夜都要牵着她的手入睡，就是在梦中也不肯松开。这事令她有些难以忍受，半年来她夜夜不能安眠，觉得快受不了了，但，她不敢向深爱她的男人抗议，因为男人将之视为亲爱专情的表示。

专家怎么说呢？

专家很委婉地暗示她，在离婚之后终于能找到一个如此钟情于她的男人，是一件非常幸运的事，非常之幸运。而她的不能适应，可能是心中仍留存着过去与前夫的冷淡关系的阴影的缘故吧。所以，只要放开心胸，享受两人的亲密关系，就会是一个幸福的女人。

我相信有很多人，都会觉得这女人的抱怨有点不知民间疾苦，多少好男人好女人，终其一生也没有这样的好运。这是一个很愿意表达与沟通的情人啊，不是许多人梦寐以求的吗？况且，这男人又没有许多女人难以启齿的、在性事上的索求无度，只是牵牵小手罢了，有什么好抱怨的？

然而，在爱之中，凡是令情人觉得不舒适的对待，都值得检讨。因为所谓爱，应该是给他（她）所需要的，而不只是给自己想给的。我问过几个女性朋友，她们都不喜欢睡眠时被拥抱，“会有一种要窒息的感觉”；也不喜欢睡眠时手牵手，“连翻身的自由也没有”。她们并不是不喜欢亲密关系，也不是对情人不够深情，只是想睡得舒服一点。不管有没有爱情，都不该放弃安睡的权利。

这女人既然遇到一个如此爱她的男人，为什么竟连这么一点小小的意愿也不敢表达？因为专家与朋友们一再“规劝”她，“你还不知足感恩？难道还想过以前那样的生活吗？”她不想，于是被非常苦恼地困住了，甚至觉得愧疚。其实，她并不是只能选择隔绝或贴近，从远到近之间，还有一种温暖舒适的距离，才是她真正想要的。

受宠不是幸福的事

受宠——受宠的最大危机是，突然失去了宠爱。

和朋友们聊天，有个已婚男人，带着抱怨意味说起老婆：“天啊，真搞不懂女人！”另一个男人气定神闲地微笑说：“女人是用来宠的，不是用来懂的。”

此言一出，马上汇聚了周遭女性赞赏的眼光，成为当晚最佳风度男性代表。

我忽然想起大学时代，和女同学憧憬着另一半，总是带着梦幻的微笑说：“我希望能遇到一个男人，很宠我。”女人为什么需要宠爱？因为几千年来女性生活史中欠缺自信，没有经济能力与心灵空间，所有的荣辱得失都在男人的寸心之间，所以，受宠就表示掌握了财富、地位、名声、权力。然而，所谓的“得宠忧移失宠愁”，也正是古代女人挥之不去的梦魇。这段漫长的历史轨迹，及至今日，仍像一种束缚，女人完成独立自主革命后，依然渴望受宠，以证明自身魅力，满足无穷无尽的虚荣心。

男人为什么宠爱女人？就像我们有闲暇而不至于花费太多的情况下，会豢养宠物，是类似的道理。这同时也是一种虚荣感的体现。宠人与受宠，竟然是建立在如此相似的心理背景下。

然而，宠爱或豢养，其实都只是一种上对下的、单向的关系。我并不羡慕受宠爱的女人，我想要的是了解，是一种对等的、双向的关系。朋友对我说，有些女人只想求得一次受宠尚且不可得，更别说被了解这样的事了。我当然明白，也知道对某些人来说，能得到宠爱，即使是短暂的，像烟火，也算是燃烧过了，也就有了幸福。可是，受宠毕竟是太被动的，完全受制于人，取决于人。

所以，我还是愿意选择了解，我渴望被懂，也懂得另一个人。不在爱里放肆，不恃宠而骄。如果获得那人的成全，是因为被了解，而不是被纵容；如果那人不支持，我也希望听见理性的建议，可以弥补我的不足，于是心安理得。我觉得这才是尊重、平等的两性关系。

静静相守的时刻

我的朋友从美国打电话来聊天，她说她发现我出的一本书里有《寻人启事》这样一篇文章，写着：“寻找一个人，可以共度飘雪的圣诞夜。坐在火炉旁吃着刚烘焙好的巧克力饼干，在马友友的无伴奏大提琴乐声中，交换夏日里的心情和故事……”她问我：“你现在还有这样的愿望吗？”我听出那语意里的讥诮，于是我反问：“这愿望很蠢吗？”

“不是蠢，是很难办到。”我的朋友与她的丈夫也是热恋之后结婚的，可是，他们现在更强烈的盼望是生小孩。她曾经告诉我，终于明白，结婚之后为什么要生小孩，因为生活是如此乏味无聊，如果不生小孩简直无以为继。那时候，我以为她是开玩笑的，现在听起来倒很像是她真实的苦恼了。

“曾经，真的希望全世界的人都消失，就只剩下我们两个人。现在，好怕周围没有人，因为心慌得不知做什么才好。”这是我的朋友的告白。

我能够了解，最初相爱的时候，总嫌时间不够，亲人啦，朋友啦，同事同学啦，通通都很碍眼。即使是漂流到荒岛，只要与情人在一块儿，也觉得甜蜜。曾经，我与恋人去旅行，说好了我们各逛各的，可是不管我去哪里，总看见他的身影，我走过去拦住他：“为什么一直跟着我？”他很诚实地回答：“趁着我现在只想跟着你，就让我当你的影子吧。不知道什么时候我就不想跟你了。”虽是诚实的，却也令我感伤，这难道就是爱情的宿命吗？

我的朋友结婚后，他们平日里各为工作忙碌着，只要是放假的日子，就轮流打扫或购物，如果老公打扫，老婆就去购物；如果老婆打扫，老公就去购物。为什么不一起行动呢？一起购物或者一起打扫？“我老公觉得太浪费时间了。”朋友说。他们一点时间也不肯浪费，把周末安排得满满的，不是请朋友来家里烤肉，就是去朋友家打牌，要不然就是参加朋友或是同事的派对，筋疲力尽回到家，连聊天的力气都没有，便跌进梦乡了。

他们为了“做人”的愿望去求医，医生建议他们多安排一些独处的时间，他们于是度过一个最难熬的周末，老公盯着球赛转播，老婆把多年以来想看没看的小说都看完了，她也是在那天看了我的书。“两个人独处真的不知道要做什么。”我的朋友抱怨。两个人独处其实不需要做什么，我曾有过这样一段时光，与我的恋人倚在窗前，共搭一条羊毛围巾，看着夕阳渐渐沉落，感觉着彼此的心跳和呼吸，一点儿也不觉得无聊。我们有时说起刚经历的事，有时说起共同认识的朋友，说起分别时候各自的经历或冒险，说着那些必然会有的迷惑、恐惧、挫折和快乐，诉说着也聆听着，给予安慰也获得平安。生活还是一成不变的，爱情的感觉也不再那样鲜明脆亮，可是，在岁月里酝酿出一股温润的甜味，也能醉人。

许多人曾经相爱过，现在也生活在一起，却失去了独处的能力。独处其实很简单，只是放下一切，拥抱对方，交托自己，在静静相守的时刻。

爱情荒瘠的领地

我们悲观地猜测，没有动人的爱情小说，是否因为这时代已经没有了深刻的爱情？或者不适合爱情的滋生繁茂？

在一次文学奖的评审会议上，评审委员对于很难看见一篇动人的爱情故事很是慨叹。是啊，这些年来参加过许多大大小小的文学奖评审会议，许多创作者都以爱情为题材，却很难见到精彩的作品。好看的爱情小说，大约有两个必要的元素，一是讨人喜欢的男女主角，二是令人感到哀恻的深刻情爱。成功或失败，都肇因于此。因此，我们便又悲观地猜测，没有动人的爱情小说，是否因为这时代已经没有了深刻的爱情？或者不适合爱情的滋生繁茂？

这是个迅速迁移的年代，人们太容易开始和结束一段感情，短暂而激情的邂逅，最能满足现代人渴望浪漫又不愿负责任的心态。所以，《泰坦尼克号》男主角杰克，三天的热情，灵肉的合一，接着为女主角而死，如此广受欢迎。因为他死了，就表示所有的麻烦事都不会发生也不会纠缠了，享乐主义者无不梦寐以求。有个男人说过，他认为最浪漫的事是遇见一个百分之百的女人，坠入情网之后发现她身罹绝症，于是尽心尽力在床边照顾她，每天送花讲故事，为她梳头——三个月后爱人香消玉殒，他则一世怀念。旁边有人插嘴，为什么不让她给治好了呢？男人想了想，还是病死了好一点，感觉比较完美。这便是生命中不可承受的情，所以希望愈快结束愈好。

这也是个社交太过于公开的年代，少了男女的分界，少了神秘的揣测，少了悸动的感觉。前几年教书时，学生把班上旅游的照片给我看，看见那些男生女生挂在彼此身上，或像情人一样地拥抱，却宣称只是友爱的同学时，我知道时代真的不同了。而我也知道，曾经，在我年少时，男生女生只能遥遥相望，于是产生想象，那种压抑节制焕发出来的灿亮的光，是不会在这里燃亮了。男生女生太多时候更像是“哥们儿”或“姐妹会”，看见女孩纤细的足踝，看见男孩颈上的汗水，因此觉得怦然心动的体验，似乎不属于这一代了。太多方式可以遇见一个可能的对象，所以仿佛也可以不必太用心，打开电脑，轻轻一敲，不过只是一个指尖的距离，便把爱情呼唤前来，如此轻易又怎能懂得珍惜？

愈来愈文明的世界，似乎也是一个愈来愈荒芜的世界，对于爱情而言。

一滴眼泪

关于眼泪，我已许久不曾淌流了。纵使年少时常禁不住要化作灵河岸上垂泪的绛珠草，甚至以为是自己的前身。

在小说课上和学生谈《红楼梦》，谈起宝玉的对月长吁、黛玉的临风洒泪，蓦然发现，曾经是我熟悉的情境，此刻却显得生疏，难以掌握。那一天，我怎么也讲不好，而更深重的挫折是与授课无关的。

我看见岁月中分离的自己，被遗留在远远的身后。

有一部电影在世界各地疯狂卖座，是说一对恋人如何生死相恋，当男主角意外丧生，他的鬼魂依然痴痴缠绕着情人，并且突障碍与情人沟通。女主角起初排斥、怀疑、抗拒，直到男主角借着灵媒，表达出他们之间私密的示爱方式。特写镜头里的相遇，牵引了全场观众的情绪。明明知道这是煽情的，并且决定不受感动，然而，女主角安静地流下眼泪时，我的心仍被轻轻地触动了。

“有什么好感动的？”我的朋友问，“他们的爱情原本是庸俗平凡的，男主角甚至不肯清楚地告诉女主角，说他爱她。”

是什么让这段爱情变得稀奇、珍贵以及永恒呢?

“死亡，”我的朋友说，“因为突如其来的死亡，使得一切来不及改变，包括爱情。”

我觉得自己被混淆了，得出这样的结论，实在不甘心，一时之间却想不出反驳的话，便安静地坐着，听朋友们诉说自己的经历。

都是三十岁以上的女子，不论已婚、未婚或离婚，多少总带着些传奇与沧桑。

有个朋友，不说不笑也能成为焦点，念书时我们便替许多人传信给她，被她吸引，便难自拔。而她的恋爱迟迟没有发生，是因为在她十八岁那年，一向被她视为偶像的父亲遗弃了她的母亲。在那之前，她的父母是一对神仙眷属；在那之后，她的母亲结束了自己的生命，也扼杀了她相信并爱恋一个男人的可能。所幸，伤痛是可以遗忘的，只是需要时间。

三十岁时，她成了行业中的翘楚，那种特殊的气质与气势，令人只敢远观，不敢亲近。攀上生命的巅峰以后，她也终于感受到没有人分享或者分担，是多么空虚孤寂。

那个男人以属下的身份追求她，立即成为公司上下最热门的话题。她被他的勇气、耐心与执着打动了。她毫不避讳地与他相恋，倾心以待。这些年来，她对待朋友原本便是无可挑剔的，所以我可以想象，在蓄积了十二年以后，她是如何倾付所有的深情与温存。然而，那男人确切感受到她的情感之后，觉得一切都在掌握之中，于是，在公司里，在同事面前，对她颐指气使，还把她写的信传阅，替每个细节加注。她发现人们看她的眼光闪烁着怪异的笑意，还是别的同事看不过去，才透露给她。

但她仍不相信，仍以为必是有什么误会。这是她最初最美的情事啊，她如此珍重，他只是不明了。她恳切地，企图让他明白自己的真诚，说着说着，哽咽住，泪，忽然来了。自母亲离去，许多年了，她以为自己再也不会流泪，乍然与泪相逢，她低下头，有些不知所措。

“你哭了吗？你哭了。嗬，你真的哭啦。”

坐在对面的男人一连串地说，听不出一点怜惜，急促的喘息声，甚至像是一种亢奋。她几乎不敢抬头，却不得不面对那张因欢喜而容光焕发的面孔。

“你为我哭了啊？如果让他们看到的话，一定不相信……”

她瞪着他，像看一个陌生人，盈于眼睫的泪，干涸了。柔软心灵中有些刚刚苏醒的东西，在逐渐冷硬的胸腔中，死去了。

我用干涸以致疼痛的双眼看着她，这一次，我亲爱的朋友，要多少年，才能治愈她的创伤？

阳光滤过行道树，透进窗子，投射在素净的餐桌布上。我们坐在世纪末的繁华城市，交换一些无情无爱的荒凉故事，却没想过，分手以后，要怎样去面对已经千疮百孔的粗糙生活，真假难分的诡谲人世？

回到学校，我依然努力做一个尽职的老师，笑嘻嘻地为学生和自己打气。期末考来得好快，奢侈的暑假等在前方，最后一堂课，与学生告别，在响起的掌声中，走出教室，年复一年，总是类似的难舍难分。我在休息室里，送走最后一批来话别的女孩，那个男孩子走了进来。

瘦长、白皙、羞涩的年轻男孩，来到我面前，说有事想向我请教，说着，因紧张而轻颤起来。我注意过他无怨无尤地照顾班上行动不便的同学，甚至牺牲了自己的活动，因此，知道他是良善的。他是否也在一年的观察中，知道我是友善的？

我看着那一双黑白分明的、温顺的眼眸，轻声问：“什么事？告诉我。”

“我的女朋友离开我了。可是，我真的好爱她。为什么她不再爱我了？

“老师。我只要像以前一样对她好就可以了。她不爱我也没关系，可是，她连这样也不肯。为什么呢？”

“因为她承担不起，你的爱令她痛苦了。爱一个人，不就是要让她快乐吗？”

“我爱她，绝不要让她痛苦的。”

当他说完这句话，我看见，一颗浑圆明澈的泪珠，笔直地掉落。

这些年来，我见过许多泪水，因为挫败、恐惧、气愤、委屈种种理由。这一滴眼泪给予我的震撼，却是因为爱情的痛楚烧灼。为了让所爱的人快乐，必须忍受不去爱的刑罚，他甘愿领受了。

一个十九岁的男孩，在初夏的黄昏落下一滴眼泪，他将保存这样的记忆多少年？

关于眼泪，我已许久不曾淌流了。那一颗莹洁晶亮的泪珠，却像一条奔涌的大河，温柔地漫过我荒漠的心源。

从一辈子到一被子

被子——一床被子很难掩盖背叛的心事。

在一场研讨会上，听见一位教授笑谈新时代与旧时代对于情爱的看法，他说，旧时代的人只要是有了心动的感觉，即使是牵牵手，也不自禁地、诚心诚意地憧憬起所谓的一生一世来；新时代的人却很迅速地将两人关系带上床，成了“一被子”的事。听见这个妙喻的人都笑起来，从一辈子到一被子，仿佛正譬喻了新旧两代人对情爱的不同态度：过去的专情、执着，与现今的随性、短暂；旧式的心灵交流，与新式的全面接触。

的确，以前男女相恋，大约有了一辈子的打算，才会有一被子的亲密。也有一些人是先有了一被子，才不得不相处一辈子的。在这样的模式中，女人常常自以为拥有了保障，其实却是被剥削者，再没有自由选择的空间。

我的一对中年夫妻朋友，婚姻关系恶劣，常常发生争执，做丈夫的有一次为了数落妻子的不是，竟对我们说，他的妻子是个不贞的女人，在婚前就与他发生了关系。我们都很惊愕，他的妻子因为爱他，不顾家庭教育的约束，不顾社会道德的规范，不顾人言可畏，与他发生了关系，他们后来结了婚，这件事竟然成为她的丈夫对她的诋毁与羞辱。在惊异之中，我也领悟到，一直以来，女人莫名其妙地为被子里的事付出过多少代价。

我所观察到的新时代，其实不见得都是那么聚散无常、毫不在乎的。只是，被子里的事不再主宰他们的心灵与爱情了。有一次我和一位女学生谈她的爱情困境，她很坦率地告诉我，她和情人的肉体关系很好，可是心灵处不来，好几次想分手也没能成功。我尽量委婉地探问，是不是因为已经发生了亲密关系，所以有了顾虑呢？女学生苦笑起来："身体只是爱情里面很小的问题吧？爱情里还有很多基础的问题，才是真正的问题啊。"我看着这个二十岁的女孩，讷然无语。她说的是对的，在爱情中我们不只投入了身体与感官，也投入了记忆和创伤，投入了性格与习惯，投入了美好的质素，也投入了阴暗的破坏力。在两个人的相处时光里，身体的亲密度并不能化解其他的问题，因为它所占的时间只是如此短暂，它不是终极，也不是解答。不管新时代或旧时代，身体都不是爱情里最重要的啊。

旧时代的男女憧憬一辈子的天长地久，于是，用一床锦被遮蔽了许多应该面对和解决的问题。新时代的男女破除了天长地久的迷信，挣脱了身体的束缚，或许反而可以追求到纯粹的爱情和真正平等的关系。

独占有理，霸道无罪

独占——因为不能分享，独占成为爱情的特质。

导师时间和学生们谈话的时候，我总会一个个地问：“在恋爱吗？”有些学生忽然受到惊吓，面红耳赤说不出话来，许久才说：“老师怎么这么直接？”我不想探问学生的爱情故事，我只想知道他们是否为情所苦，我是否可以帮得上忙。

有一对同窗恋人，男生的痛苦是女生亲疏不分，见了男女同学一律亲热地揽臂搂腰。“这个我真的很受不了。”男生说。其他的男生也在一旁帮腔，都说这的确令人无法忍受。女生申辩：“大家都是好朋友嘛，而且，我一向都是这样的，总不能认识他以后，就不交朋友了吧？”我问她假若男友也用搂搂抱抱的方式向其他的女同学表示友善，她会不会觉得不舒服。“当然不会啦！”她不假思索地回答。“那是因为你知道我不会这样做。”男生说。女生笑着，耸耸肩不再说话。是的，她觉得笃定，所以无所疑惧，她知道自己其实已经完全占据男生的情感与心灵。

爱情最重要的特质就是强烈的独占欲念。愈在意一个人，愈想要进入他的思绪，愈要求一种忠诚的皈依，这想法操纵我们的喜怒哀乐。没有人是完美的，所以每个人在爱中，都感受到不足与匮乏，投入愈深愈彻底，愈觉毫无把握。情人轻轻的碰触，便是我们的救赎；情人与别人的亲近，则是对我们的鞭笞。有些女性在恋爱中显得歇斯底里，随时追问或追踪情人的意念与行踪，都是被独占欲念霸道地操控着呀。我给女生的劝告是，想要建立两人的亲密关系，就应当考虑到对方的感受，不能完全任意而行，否则，就不要恋爱吧。我一向重视爱情的公平性，也相信与人相处就应该学会协调与配合。在爱情的修习中，能够妥善管理控制自己的独占欲念，是智慧的修行。可以独占而不独占，是爱情的最高境界。

然而，想独占却不能独占呢？就像第三者的恋情，一旦不能说服自己，痛苦便一发不可收拾了。求之不得，苦苦纠缠的结果，只得含怨分手。我们必须面对独占是爱情的特质，也是第三者的天敌的事实。

指上光圈，心中锁铐

有一次和我的朋友阿命去逛街，她在 Tiffany[1] 的戒指柜台徘徊许久，我已经将手环哪、项链哪，看了好几回，她还在试戴那只已经试过三次的戒指，我不得不提醒她，错过餐厅订位时间就要后悔莫及了。吃饭的时候她告诉我，她的先生已经允诺这次回台湾，要犒赏她的辛劳，决定送她一只 Tiffany 戒指。

我转了转她戴着的戒指，她笑起来："男人送女人戒指，就是爱的表现，还有嫌多的啊？"我说这我可不知道，我没收过男人送的戒指。阿命立刻收起笑容教训我，她说我根本就是逃避心

[1] 著名珠宝腕表品牌 Tiffany & Co. 蒂芙尼，1837 年诞生于美国纽约。

态，逃避并且惧怕固定而亲密的关系，所以不接受戒指，甚至不戴戒指。直到现在，她仍对于我将那颗一克拉美丽钻石变成坠子而不是镶成戒指这件事相当不满。我说钻石是我买的，我要怎么佩戴都可以。她看着我的那种惋惜的眼神，唉，多么像我妈。

我真的不喜欢戒指吗？其实倒也不是。小时候我将妈妈收藏起来的戒指戴在每根手指头上，幻想着自己是华丽风格的公主。二十岁那年，我特别请妈妈将我出生时亲戚送的婴儿小戒指找出来，戴在小指上，很有复古风情。过不了多久，戒指下的肤肉开始薄薄地溃烂，出现腌肉的颜色与气味，那个圈圈里的痛感渐渐消失，好像死掉了似的。因为害怕，我取下来，不再戴戒指了。

在感情里，我也曾经因为承诺，而有了某一种痛感渐渐消失的感觉。既然不疼痛，仿佛也就是幸福的了，然后，那个与我在一起的男人说："嘿，什么时候我们去看个戒指吧？"看戒指做什么？我的警觉性升得很高，瞬间口干舌燥，我说："我不能戴戒指的，我的皮肤不知道怎么搞的，一戴戒指就过敏哪，真是糟糕。"当我看见《欲望城市》里的凯莉好不容易遇到那个懂得爱她的男人艾登，甚至也接受艾登的求婚，戴上那枚梦寐以求的钻戒，过不了多久，却又将戒指当成坠子挂在胸前的时候，我想起自己曾经和那个男人说过的话："你不必送我戒指的，我把戒指戴在心里面，永远不会遗失，这样不是更好？"艾登因为凯莉不肯走进婚姻，和她分手了。我也还记得当我说完那些话，男人眼中显现的失落和忧伤。

我的另一个朋友瑞瑞比较能够了解这个部分的我，她说男人在努力取悦一个女人的时候，送戒指是最好的礼物，但，这礼物其实是有阴谋的。女人甘愿为了一只戒指付出一切，这付出远远超过戒指的价值。然而，男人常常在和女人分手的时候索回戒指，女人却索不回已经付出的一切。“女人是戒指的奴隶。”瑞瑞刻薄地说。

现在，我最爱的一只戒指，是 AnnaSui[1] 黑色的唇蜜盒，塑胶材质的大玫瑰，更像是一个玩具。我将它戴在食指上，因为不协调，所以特别抢眼，朋友见了总忍不住要问问，我就摘下来，让别人戴上去，不管是大人还是小孩，不管是女人还是男人，都喜欢。因为想戴的时候才戴，因为总是拆下来玩，它一点也不伤皮肤。当然，我有时候也会思索，也许我仍是那个喜欢戒指的女生，只是恐惧被戒指锁铐住的爱情，将一层层地溃烂，渐渐死去了。

[1] AnnaSui：著名彩妆品牌。

鞋子的爱情学

小米和莎莎约了我看电影，买了电影票发现还有将近半小时才开演，喝咖啡似乎太仓促，于是，不约而同地，我们走进了电影院旁的鞋店。琳琅满目的鞋子陈列着，任君选择。逛鞋店的心得是，每个女人都不觉得无聊，而且试鞋的时候都很认真，因为，女人的鞋柜里总少一双鞋。

莎莎补充说："试鞋的时候得坐着，还可以休息，真是太好了。"小米有另一番观察："鞋店的照明充足，从镜子里看自己闪闪发亮。"总而言之，我们三个人都在鞋店里找到了自我。

短短半个小时，我们试穿了不少鞋子。莎莎要找的是穿起来绝对舒适的鞋，只是舒适的鞋子多半不太好看。小米说：“穿着不美的鞋，每一秒都是折磨，我可受不了！”

莎莎自有解决之道：“长裤一穿就盖住鞋子啦，谁会注意这个啊？有什么重要的？”小米嘀咕着：“别人不注意，自己会注意啊。”

小米确实找到了鞋店里最美的一双鞋，细跟、镂花、绑带，是她最爱的银色鞋款，因为是零码鞋，还有很好的折扣。她试了又试，走来走去，蹙起眉头：“有点挤！”

“脱下来，脱下来！”莎莎说，“不是你的尺寸嘛。”“可是这明明就是我的款式，我就是爱这种鞋嘛！”她执意不脱。

而我要的是既合心意又合脚的鞋子，实在很难遇到，因此一直坐着。

我坐在灯光明亮的鞋店里，忽然想到鞋子的爱情学。

小米要的是自己热爱的男人，但婚后争执很尖锐，最终离了婚。莎莎觉得相处容易才是最妥帖的，她找了个合适的男人，和丈夫过着不咸不淡的婚姻生活。我既不肯放弃热爱，又要融洽相处，故而一直单身。原来如此。

鸳鸯两字怎生书

你能不能替我烧晚饭？

你能不能把经济交给我掌管？

男人带着笑，女人也带着笑，在一个有着玫瑰、烛光、小提琴演奏的高级餐厅，冷静清醒地谈论终身大事。三天后，达成协定，又精密细微地擘画婚礼与宴客事宜。

初次听闻这样的过程，我有着掩抑不住的惊讶，怎么婚姻最重要的关键，只是食谱和薪水袋？

一切都在计划中逐步进行，他们遵守着彼此的约定，结婚三年，已买了幢房子，并将于中秋节添个宝宝。当年，我极想知道而未能探问的是否相爱的问题，已然无关紧要。如果他们可以相敬如宾，风平浪静地共度三年，就可以厮守三十年，或许，还能培养一点爱意。

对于生活紧张忙碌、情感扑朔迷离的现代人而言，能有这样的婚姻，已是前世修来的福分。

一个很年轻的男孩，怕还不到二十岁，谈起婚姻这件事，眉眼间的锐气尽收敛成虔诚。“五十年。”他说，“如果我能爱她五十年，不管任何情况，都能照顾她五十年，我便娶她。”刹那间，我原以为自己会哈哈大笑，笑他的烂漫天真、不切实际，然而毕竟没有，有的只是端肃的感动。我努力记住他的面容，尚未褪尽的稚气，三年之后，我会去寻他，再听他谈婚姻，那时，必定有所不同吧？不过是短短的三年。

许多年轻的孩子，对爱情及婚姻充满迷惑，房间于是充斥各类秘籍和参考书——《如何促进两性关系》《婚姻指南针——八九十天成为新娘》《恋爱宝鉴》《约会手册》等，几乎泛滥成灾。教导情书如何写、打电话的声调、第一次约会的红绿灯，乃至于接吻的步骤，全是在课堂上学不着、教科书上找不到的。这一切不过表露了男女两性不懂如何相爱，缺乏相处的能力，如此而已。

当我十八九岁时，曾经在意自己的容貌，并学习烹饪技巧，以为婚姻是绝对必要的，是一生的皈依。把自己打理得整洁清新，仰望良人，从丈夫的气息中得到生趣，大概就是以夫为天吧！

甚至羡慕古老的媒妁之言，红绳系足，便是一生一世的牵累，大多也负载得无怨无悔。那时，女子自知解人事，便习女红，勤修饰，心中清楚地知晓，每一次针线的穿梭，都为了琢磨自己成为一个贤妻，服侍并成就一个唤作夫君的男人。于是，生命的开始，在洞房花烛夜。早先就听闻身旁人有意无意谈论那人的相貌、性情，终于到这一刻，以全部青春和妍丽去等待那个掀起红绫的手势。无一点飞扬，低首敛眉，垂眸看着裙上争发的鲜艳桃花。桃之夭夭，灼灼其华；之子于归，宜其室家。一辈子甘于温婉和悦，也是一种婚姻。

大学毕业再看婚姻，仍是需要的。有个人能够分担生活中的喜怒哀乐，共同创造一些奇迹，倘若能成为一个男人精神上的支柱，以女性特有的敏锐助他突破瓶颈，化险为夷，不也充满成就感！成为他的妻，成为他的红粉知己。

患难中建立的情感，大概是比较稳固的，我想。三十年前，我的父亲孑然一身，遇见同样毫无凭借的母亲，他们相恋，结成夫妻。生活最艰难的那段日子，母亲在家中担任育婴的工作，日日夜夜，被十几个小孩缠得紧紧的，时常，夜半被婴啼惊醒，头痛欲裂，却不能休息。父亲提早患了“五十肩”[1]，拖着一只半残的手臂，每天下班后赶到菜市场，再赶进厨房，张罗一家人的吃食。奋起拼命三郎的精神，就这样熬了将近二十年。生活中遭遇到的事，总见他们合合商议，而后，便是一次又一次的雨过天晴。时常有人表示，羡慕这一对神仙眷属，我定要急忙辩称，他们不过是最寻常的平凡夫妻，曾经还是贫病夫妻呢！

如今，父母亲安闲度日，有时候专注地玩蜜月桥牌，有时候爬山散步。春天的早晨，我们一同出门，沿着栽种羊蹄甲的红砖道向前走，粉红色蝶状的花朵在风中展翅。我走着，止步回顾，在这花径上携手并肩、从容不迫走过来的，是一对情人，也是夫妻。死生契阔，与子成说；执子之手，与子偕老。白手起家，从无到有，遂成一种割舍不下的婚姻。

当我的学业更上层楼，当我的年岁更长，谈起婚姻语气中仿佛也少了份热切。抬头四望，都是单身贵族，都说婚姻有没有并不要紧，尽管都承认寂寞蚀心。

到底想要什么样的婚姻？有段日子憧憬着：当我埋首研究资料、昏天暗地时，他能给我冲一杯咖啡；当我为赶稿日夜颠倒，他把可口的食物捧到床前；当我想去旅游散心，他能抛下一切陪

[1] 五十肩：即肩周炎。又称肩关节周围炎，俗称凝肩、五十肩。

我远赴海角天涯；当我在外奔波忙碌，他能在家照顾孩子，陪他们读书与游戏；当我蓦然惊觉，发现自己对婚姻的投入愈少、索讨愈多时，不禁汗颜。如此，根本不配拥有婚姻。

我和我所知道的贵族们，很多时候，只想保持完整的自我，都自认富有，除了可怕的孤独，什么皆不肯放弃。久而久之，不免培养出刺猬性格，孤独着感觉寒冷，靠近了又鲜血淋漓。

事到如今，我仍坚持一个梦想：两个相爱的人结合，才是婚姻。

我实在无法平心静气在会议桌上讨论我的婚姻，仍期盼是在一种眩晕的气氛下，欣喜地允诺一生。或许那夜月圆得离奇，或许蛙唱失了旋律，无论如何，我是痴迷的，若没有一些痴迷，怎能共同面对不可测知的风霜雪雨。

但，在婚姻之中，能够相爱多少年？

很多人在神坛之前许下终身，尔后，在烦琐乏味的柴米油盐酱醋茶中，向往窗外的风花雪月，不免怨叹一辈子太过冗长。

假如有一部电影，内容是关于婚姻的。影片刚开始，是年轻夫妻的蜜月期，冬天的深夜，妻子忽然在被中咳嗽不止，震动了整张床，丈夫起身，悄悄地冲泡一杯热牛奶，捧到床前。妻子还未伸手去接，便先嘤嘤哭泣。于是，戏院中的笑声此起彼落，笑那个妇人的傻气。影片即将结束，已是五十年后，虽只有两个小时，太过轻易，但，主角都垂垂老矣。同样是冬夜，同样是咳嗽，只是更浊重些。昏黄的灯光亮起来，镜头拉得很远，佝偻的丈夫蹒跚地端着一杯热牛奶，还冒着腾腾蒸气。这时，观看影片的女子，不免同声一哭，为的是那老妇人的福气。

宋朝有个新婚妇人，早妆初了，与夫君相偎相依，暂且抛下诗书，抛下女红，低低地谈，轻轻地笑。刚拿起笔，描了花样，突然停住，微偏头，佯蹙眉，思索片刻，笑问鸳鸯两字怎生书？只为娇态可掬，柔情似水，故而有此一问，可不是真心。

那时可有答案？想来是没有，否则不知遗落何处。倘若有人捡到，烦请转交二十一世纪的都会女子。在这爱情与婚姻不断沦陷破灭的朝代，鸳鸯两字怎生书？

从今以后

下着雨的黄昏，那修长文雅的男人，颠簸路途上，买了一大束百合花，插在瓶里。然后，雨中接来心爱的女子，两人进了日式平房，保持着距离，面对面地跪坐着。房内房外都暗了，唯有那硕大的百合与男人的衣衫，雪白莹亮着。久久，男人说，以极低沉的声音："我一定要告诉你，你的存在对我是必要的。这句话，晚了四年……"

穿着和服的女子，已在男人撮合之下，嫁给了男人的好友，做一个不快乐的妇人，也过了三年。听见这样的剖白，出自这个自制力极强的男人，她那双美丽的眼睛盛满哀伤。

女子仍是年轻的，这些错误原本都可挽回，但，痼疾缠身的女子随时准备接受死神的召唤，如同漆黑将漫进房中，除了男人与百合以外，吞噬一切。

这是一九八六年，由日本作家夏目漱石原著改编，电影《从今以后》的片段。

银幕上的雨，与窗外的雨连接成无边无际的迷茫。我听见自己悠长的叹息，一对含蓄的恋人，只因缺乏勇气，晚了四年，竟然耽误了一生。

将近一千五百个日子，不算太长，可也不短。仍清楚记得二十二岁，不识得孤寂的意气风发。任何事情，都可以妥协，绝不强人所难，从未刚愎自用，像是个最容易相处的人。唯独情感的付出与领受，无理地固执，要求按照我的方式，也不理会那是否适合忙碌疲惫的现代人。

“怎么会有这样的人？”曾有个朋友，虬结眉心，瞪大眼睛，“你只用理智，没有感情？”我困窘无言，看着他一步步走开。所幸，他只是走开，并没有离开。

一直是这样，周遭的朋友，给予我最宽容的对待。

然后，偶遇另一个朋友，因为合力艰难谋事而完全信赖，久了，便成习惯。纵情地谈论心灵易动，交换纷扰人世诉说不尽的离散波折，每一次微微仰望，都觉得心安。共处的日子，免不了各自沧桑，有些事是不能与人分担的，无论怎样的心情，只能独自拥有。

时常，在电话里，听着熟悉的声音，如一尾滑溜的鱼，轻巧游过黑夜，贴着我贝壳似的耳——你好吗？

总是犹疑片刻，才能迟滞地问：“你呢？你好吗？”

结果，都不知道对方好不好。只因为斟情愈重，酌意转薄。

极难得地，在雨季来临时，找着好天气，搭乘火车，一同去看海。回程时，坐在摇晃的车厢中，阳光被隔绝，海岸滑过去，远远地落在后面，仿佛只剩下彼此了。于是，把自己坚持不肯吐露的经历、软弱的挣扎，一一诉说了。身旁的人静静倾听，那些事，与他其实根本没有关系。然而，温习那段心情，一路行来，他的专注与端肃，令我忍不住悲怆。

对于我的凄凉，他只能在一旁眼睁睁看着，甚至不能流露任何表情。因为我恐怕超越了，便回不来；而他顾忌我所有的疑虑。

曾有一个溽暑的午后，那小巧的、穿和服的女子，撑一柄玲珑花洋伞，走过红色木拱桥，去拜访她心中最初的恋人。漫长的行走，使她出现在略感惊诧的男人面前时，特别荏弱。

轻拭额角的汗珠，女子微微喘息，她寻着桌上一只玻璃杯，准备要喝下那半杯水。

“不要。”男人迅捷地阻止，因那杯缘曾与他的唇缠绵。

他把水倒了，解释着：“脏了。我去倒杯水来。”

男人离开，女子的眼光却没移开那只杯，她抑制不住，伸手取杯，浸入养花的器皿中，汲取半杯水，仰头一饮而尽。花朵的芳香、枝叶的苦涩、不能启齿的相思，化为一缕沁凉，自喉头经过心房，融入每个干枯的细胞。

男人用干净的杯，倒来干净的水，只见女子的颈项后仰成优美的弧度，轻合着眼，唇畔漾起梦幻般的笑意。

雷声隐隐，女子立在窗边，风中衣袖翩翩，如展翅的彩蝶，在男人潮湿的眼瞳中，莹莹光亮。

因此，男人下了决心，在下雨的傍晚，在黑夜来临前，在他们都爱恋的百合花前，倾诉心事。

不得不承认，对那女子，我是羡慕的。因为在我的生命中，竟无 点蝴蝶影子，容不得自己一点点的出轨。

火车回到城市，无可无不可地，我也回到原来的生活圈。月落日升，好像没什么争议的，生活就是这样。

独自看一部电影，努力把自己从沉溺的感动中拯救出来。我应该还算年轻，也没什么不可挽回的错误（怎么连错误也没有？），也不清楚，将会有怎样的一生。

从今以后，我仍将继续把自己拾掇齐整，不疾不徐，穿越街道。站在十字路口，不动声色地看着横冲直撞的行人车辆，等待绿灯亮起。

从今以后，当然，有时候也会禁不住思考，一只透明玻璃杯的使用规则。

如果，真有规则的话。

其实，与我无关

情人之间的话语是很微妙的。同样一句话，有时听起来伤人，有时听起来却很贴心。比方这一句："其实，与我无关。"情人请你帮忙喂狗，你说："其实，与我无关。"对方必定认为你已失去热情。情人兴高采烈与你分享他的成就，你说："其实，与我无关。"你们差不多该谈分手了。

这句话充满自私自利的冷漠与绝情，应该会登上情人最不想听的话语前十名吧。这句话却曾救赎了我的一对情侣朋友，让他们相爱许多年。

同样创作也攻读学位的爱妮，是我多年的朋友，她试过好几次不同类型的恋爱，想找到一个终身伴侣，却相当不容易。当她的情人发现她在创作这个领域的光彩与深度，意识到她并不只是个“教师”而已，便会滋生许多的怀疑与恐惧。“我都不知道你的脑袋里在想些什么，我不明白你这些文章是怎么写出来的，我觉得你好陌生，这种感觉很奇怪。”那些男人的台词差不多类似，并无新意。

开始的时候，爱妮会努力解释，创作只是她生命的一部分，比较专业的那个部分，与他们的感情生活并无干涉。“科学家的妻子都能了解他的发明吗？医生的妻子都能明白他的手术吗？”爱妮沮丧地问我。

我猜想，文学似乎是人人都能读的，并不被视为专业，男人发觉自己不能理解女人脑袋里的世界，便会感到挫折吧。

爱妮后来遇见一个学历低却很诚恳的男人，他只是爱着眼前的女人，懒得管她的创作：“你的文章，我没看懂。但我觉得你的写作，其实与我无关。我只要爱你就好了。”这男人研读过爱妮的作品后，突然开悟了。

直到现在他们仍深深相爱着，“无关论”是我近来听过的最有智慧的爱情哲学与态度。

我站在这里就好

有个男生到我面前来，说是有问题要请教我。

“我想跟社团里的一个女生告白，但是，要怎么告白才比较容易成功？”我笑起来问他：“你有没有想过，如果对方不能接受你的情感，该怎么做呢？”男生搔搔头，有点尴尬地说：“告白失败哦？那真是超糗的！我想我会躲起来不再见她了吧。”告白之前，一般人总想着怎么做才会成功，却没思考过，如果失败了又该如何？苦苦纠缠当然是适得其反，但若是从此人间蒸发或是翻脸不认人，那么，这告白的情感真是一点也不珍贵。

我想起近来听过最令人喜悦的告白故事，发生在四十二岁的朋友玉乔身上。玉乔年轻时结过婚，嫁给一个热情的男人，这男人当了丈夫之后，热情便转移到别的女人身上，让玉乔草木皆兵。为了斩断丈夫的桃花，她辞去当时正在巅峰的工作，与丈夫一起移民到新西兰，还生了两个孩子。最终丈夫依然出轨，玉乔精神崩溃，离婚之后独自回到中国台湾。

那一年她三十五岁，对爱情彻底绝望了。这几年她与表姐一起经营网络养生食品，倒做得有声有色。公司里有个三十岁的男同事保罗，与她的工作配合得很好，私底下相处也很融洽，放假的日子常常相约去骑脚踏车。玉乔觉得保罗随时可能向她告白，却又担心如此一来他们连朋友也做不成了。“我觉得自己不适合他，他这么年轻，有很多机会。”玉乔苦恼地说。“一直为他着想，你都没想过你自己吗？你对他有没有感觉啊？”我只想开门见山。玉乔没有回答。

保罗告白之后，玉乔依旧告诉他自己并不适合，因为她对爱情没信心。“我不会前进，也不会后退，请让我站在这里就好。”保罗诚恳地说。不知为什么，我觉得他们终究会在一起的，因为这样的请求太动人。

男人要时机，女人要时间

有一次，在我的演讲场上，一个男孩子问了这样的问题：“如果喜欢一个女孩子，要等多久才可以牵她的手？多久才可以亲她呢？”这问题一出现，许多人都忍不住笑了。“你要问的是时间表吗？”我也笑起来。男孩子用力点头。“时间表是因人而异的哦，年轻的时候，我的时间表是以年来计数的，现在可能是以天来计数的了。”场子里的人们笑得更大声，有许多女人都是会心之笑。

男孩子的苦恼，并不因为我们的笑声而获得解决，他说：“我跟一个女孩子在交往，我第一次想要牵她手，她就说，时候还没到。我不敢再轻举妄动了，等到过了一段时间，她忽然说，可以牵手了。可是，我觉得那个情绪已经不对了，怪怪的，好像是听命行事，不是真的想牵她的手。”

我想，我可以懂得他的心情，也能理解女孩子的心情。

那些年的沈佳宜

“笨蛋！”沈佳宜在柯景腾身后大喊，柯景腾在雨中一个劲儿地往前走，头也不回地喊回去：“我是大笨蛋才会喜欢你这么久！”沈佳宜一边流泪一边喊：“你什么都不懂！”这是从台湾卖座到香港的青春电影《那些年，我们一起追的女孩》的经典画面。

互有情愫许多年的沈佳宜与柯景腾，就这样渐渐走出彼此的世界。我认识的许多大学男生看了一遍又一遍，口口声声喊着：“好热血！真的是超热血的。”男生都在其中见证了自己的热血青春，女生则在沈佳宜的那句“你什么都不懂”里，回味了自己的柔情岁月。

喜欢一个人，就是要让他更好，这是许多女生的做法。因此，当柯景腾的座位被换到沈佳宜前面，沈佳宜便监督起他的课业，为他出考题，担任他的小老师。女生的情感是细微、体贴而不张扬的，一种似水的柔情。

柯景腾的做法是许多男生的共通准则，为女生挺身受罚，为遵守承诺剃光头，四处张扬对这个女生的爱慕，大声说出“我要一直追你”这样的宣言，一种燃烧的热血。不计后果地去做，不问回报地去付出，这是热血的，也是最吸引女生的一种阳刚气。

到底最后是否一定会成功？如果在一起又该怎么相处？这些都不是热血男生会仔细思考的，他们正热爱着这样热血的自己。女生却已经百转千回地把情节演练好几遍了，她们“什么都懂”，知道一切如果安顿下来，热血将会降温成一种寻常，于是，沈佳宜们常常在某个关键时刻悄然退场，留给热血的柯景腾们永恒的美好回忆。

每个男孩的心里都有一个沈佳宜，女生却不见得想成为沈佳宜。当沈佳宜大喊“你什么都不懂”的时候，她可能因为分辨出热血与柔情的不同而充满忧伤。

春娇与志明

“到底你为什么这么爱他呢？”在恋人离开之后，伤心欲绝的那个人，常被人这样问，一时之间却不知道该怎么回答。就像是李宗盛那首歌：“有人问我你究竟是哪里好，这么多年我还忘不了。春风再美也比不上你的笑，没见过你的人不会明了。”执迷地爱着一个人，情丝怎么也斩不了，宛如这首歌的歌名《鬼迷心窍》，一切都是没有道理可循的。

而我偏偏就觉得，其间肯定有一些逻辑和规则。某一种类型或性格的人，仿佛磁石，吸力特强，爱恋之后便终生难忘，甚至会有曾经沧海难为水的深刻感受。

风靡香港的爱情电影《春娇与志明》，集中了爱情的许多状态：姐弟恋、爱人与被爱、旧爱和新欢、劈腿与谎言等。而我觉得最特别的是，春娇与志明在香港分手之后，分别赴北京工作，并且重逢。

志明已经有了一位柔情似水的空姐女友尚优优，而春娇也很快结识了年长体贴的中年男，看起来都应该展开各自的新生活了，却旧情复燃，一发不可收拾。背着现任情人与前任情人偷欢，日日编织新谎言来掩盖，最终还是决定听从内心的欲望，与自己最爱的人在一起。

志明对优优说："喜欢一个人就是喜欢，觉得她什么都好。"春娇对中年男说："你说你喜欢我，是因为我总有些奇奇怪怪的想法，但这些都是他传染给我的，他就是这样的一个人。"优优对待志明柔情似水，中年男愿为春娇做一切她不愿意做的事，却敌不过春娇和志明在一起的时候，共同制造的那些欢乐。

志明从不曾为春娇做过什么事，但是他那些好笑的言辞与举动，却让春娇开心，而后感染她，让她也变成这样的人。

在恋人的种种可爱里，古灵精怪的幽默感，原来也是其中一个重要的潜规则。

第三章

幸福的秘诀

正当最好的年龄

我的母亲是个白羊座女性，她的身上有着迅捷、勇敢、决断这一类的特质。许多年前，她结束工作状态后，便在思索，什么是她想做而没做过的事。她选择了去学编织。和她一样赋闲在家的朋友对她说：“这种事是老太太做的，你还年轻，应该做点别的事。”母亲想了想，还是去报名了。每星期搭乘公交车，到相当远的地方上一次课，然后，就是不停地编织，在画得密密麻麻的图样上做记号。我们这些孩子，包括所有的亲朋好友，各有一至两件颜色与款式皆不相同的毛衣。学生时代，因为我的特殊手工毛衣，使我受到不少注意与赞美，感觉小小的虚荣。当母亲把织好的毛衣送给她的朋友作为生日礼物的时候，她朋友才知道母亲是很认真的，而且颇有收获。

几年前，母亲忽然要去学画，这对我们来说，都感到惊奇。我一直觉得自己毫无绘画天分，是遗传自我的母亲。童年时我们要画个猫儿、狗儿或其他的图画，母亲总是说："去找你爸。"现在，五六十岁的母亲说，她要学国画。那位热心评论的朋友，这时又给了母亲忠告："学国画是不是太吃力了点？那是年轻人的玩意儿吧？"母亲想了想，说服了年龄比她还大九岁的父亲，一起去报名了。

常常，吃过晚餐，他们俩一人提一个画筒，相携出门。有一次，一位学生来家里找我，她并没见过我的父母亲，可是她说："我看见张妈妈了，她是不是银灰色头发，提着一个蓝色画筒？"我很诧异，问她为什么看得出那是我母亲，学生说："她看起来很有自信，很快乐，而且很像一个艺术家。"从那时候起，我再不敢把自己缺乏美术细胞这件事，归咎于我的母亲了。

后来，每当我听见朋友说，如果可以年轻一点，我一定会如何如何的时候，总不以为然。年龄不应该成为我们的借口。我在母亲身上看见，一切都不会太迟，永远也不会太老。

和一个年轻女孩聊天，她很恳切地说："以前我会想，怎么让自己过得好一些。现在，年纪大了，我只想找个好男人，安定下来。”在薄薄的黄昏光线里，我看着坐在对面的二十七岁女孩，想着，应该怎样告诉她，她还是很年轻的。年轻得足以一面让自己过得好，一面找个好男人。其实，让自己过得好与找个好男人，并没有任何冲突，更没有年龄的限制。任何年纪的男人与女人，都应该让自己过得好。而我明显感觉到女孩的焦虑，这焦虑来自她所处的婚姻的激烈竞争场所中。从有婚姻制度以来，从男性主导婚姻与家庭以来，女人的青春与美貌便是优势，衰老与平庸是劣势。激烈竞争下，我们看见优胜劣败的不变定律，不能摆脱这种生存竞争模式的女人，患上一级恐惧症，怕老、怕胖、怕丑，总的来说是怕败下阵来。

张爱玲笔下的倾城美女白流苏便是怕老的，她二十八岁，离了一次婚，正仔细计较着用剩余的青春美丽，再捕获一个男人。“流苏交叉着胳膊，抱住她自己的颈项。七八年一转眼就过去了。你年轻吗？不要紧，过两年就老了，这里，青春是不稀罕的。”张爱玲体贴着像流苏这样的成千上万的女人，在婚姻战场上冲锋陷阵时心底恒存的阴影惊惧。所幸，我们的时代再不是白流苏的时代了，我们还要被白流苏的忧虑所困扰吗？

近来读到《沈从文家书》，他曾疯狂而艰苦地追求灵魂伴侣，这爱人后来成为他的妻子。“我行过许多地方的桥，看过许多次数的云，喝过许多种类的酒，却只爱过一个正当最好年龄的人。”

他是这么说的。这一句“正当最好年龄”撼动了我，假若他说的是“正当青春的姑娘”，就不是沈从文了。他觉得最好的年龄，就是相遇的年龄，就是相爱的时刻，岁月于他们无碍无涉。

我认为最好的年龄就是此刻，就在当下。有人想把岁月当成栏栅，一跃而逃，我却只想无视年龄的存在，做一个真正自由的人。

幸福的秘诀

过了三十岁之后，长辈们总是对我语重心长地教诲着：“一个女人再有成就，也比不上终身幸福的可贵，所以，还是要……”在各种媒体上接受访问，总不免被问道：“你结婚了吗？”我说没有。“有准备要结婚的对象了吗？”我说没有。“一定有很多人追求吧？”我仍诚实地回答，没有。

访问者此时便自然流露出一种“了解”的遗憾神情，叹息道：“唉……这样啊？”每当这个时刻，我都会有一种冲动，想要恳切地给予建议：不要，请不要同情我，为什么不问问我对现在的生活是否满意？为什么不问问我是否感觉幸福呢？

所谓的幸福，不在于我们拥有的东西，而是一种身心状态。曾听过一个故事，说有个亿万富翁，他什么都不缺乏，只缺乏快乐。有一天他路过城外，看见一个住在破屋里的老鞋匠，衣衫褴褛,每天就靠着补鞋勉强糊口为生,却日日哼唱着欢乐的歌。富翁想向他购买快乐的秘诀，于是送给他一大笔钱。从此以后，再听不见老鞋匠的歌声了，他食不安寝难眠，随时担心有人偷窃或抢劫，又烦恼着如何运用这笔钱。最后，他将钱全数退还富翁，并且将自己发现的快乐秘诀告诉富翁："日出而作，日落而息，什么也不必担心，就会很快乐。"幸福，也就是一种不必担忧的状态。

一个忙碌的职业妇女，加班一个礼拜之后的星期天，睡到中午才起床，蓬着头发穿着睡衣，胡乱煮一碗泡面，忽然觉得幸福。"穿着睡衣吃泡面"就是一种幸福吗？当然不是。而是在昏天暗地的混乱之后，可以松弛怠懒地把节奏放慢，这样的状态让她舒适。一个年近四十的男人向来注重穿着仪容，好不容易有了一个新生儿，他将儿子抱在怀里，与朋友聊天，忽然儿子的尿像喷泉一样，淋了他一身，连头脸也不能幸免。朋友们替他尴尬，他却搂紧儿子又亲又笑，得意得一塌糊涂。"婴儿撒尿在脸上"，就是一种幸福吗？当然不是。而是中年得子的男人，在多年盼望之后的满足与珍爱。

人们都说，小时候有家庭很幸福，但，我们听过许多孩童暗夜的哭声，我们发现那些童年时来自家庭的创伤，对于性格与命运有着多么负面的影响。人们常说，成年以后顺利走入婚姻是一种幸福，但，我们看见婚后因为双方不能协调，反目成仇的夫妻，他们的痛苦宛如置身炼狱。人们又说，老来有儿女承欢膝下是一种圆满的幸福，可是，我们都看过或听过父母亲把养老金、退休金全掏空了，也无法弥补儿女的亏空，心力交瘁而又一无所有。

并不是家庭，而是温暖的家庭；并不是婚姻，而是美满的婚姻；并不是儿女，而是体贴的儿女：这些才是幸福的要素。温暖、美满、体贴，都是一种身心状态，是看不见的，只能够感觉。偏偏，人们铆足了劲儿追求的，往往都是那些看得见的东西，误以为那些就是幸福。

所谓的幸福，有时候不仅是一种身心状态，还关乎你的想法。前两个月到深圳去办签名会，上了当地收听率相当高的广播节目，主持人也是一位女性，我们分享了许多女性的心情，然后，谈到了单身的问题，主持人问我："现在虽然拥有很多，可是，如果一直没结婚，没有孩子，将来也不能像你的父母一样，分享你的喜悦，会不会觉得遗憾呢？"这个问题从来没想过，我思考了片刻，很诚实地回答："或许是有些遗憾吧。可是，谁的生命里没有一丝遗憾呢？我们不可能拥有全部的幸福。”懂得珍惜自己已经拥有的幸福，而又能释怀于那些不属于我们的幸福，便是获得幸福的秘诀。

创造童话的人

童话——背弃童话，又创造童话的女人，是幸福的。

在某些场合中，常常可以见到一位颇有成就的女性，她的专业素养深受好评，然而，她每次的服装仪容都遭人议论。“四十几岁为什么还打扮成十几岁的模样？”“有没有搞错？她以为自己是小甜甜啊？”曾经，童装令我们纯真可爱，讨人喜欢，但是，长大以后仍执着于童装，只会惹来“装小装可爱”的讪笑。因为不合时宜的缘故，我们大多不会选择童装，却常常执迷于童话，深陷其中而不自觉。特别是女性，甚至把相信童话视为纯真浪漫的象征。

童话故事充满着女性的受虐情结与救赎意识，这些往往被套用在现实生活的女性自我认知与两性关系上。

我们熟悉的灰姑娘在厨房蓬头垢面，日夜操劳，不时还要面临粗暴的打骂，在继母和姐姐的蛮横下，只有苦苦熬着，这样的屈辱和隐忍，仿佛变成一种美德或者美感。所以，我们在近来较热门的电视剧中，不时可以见到被拧扭、针刺、杖击、夹指的凌虐场面，短则五至十分钟，长则延续半小时，受难者都是善良美丽而多情的女性。她们的受虐，加深了男主角与观众的怜爱，觉得她是一个薄命红颜，应该要好心有好报的，虽然一时间也想不清楚受虐与好心是否有必然的关联。在童话里，这样的受苦必有救赎，而路见不平，使公主或美女脱离苦难的，一定是男性。睡美人无辜受害，昏睡一百年，唯有路过的王子的亲吻，可以令她苏醒。灰姑娘的牢笼，唯有王子携来的一只玻璃鞋可以帮她挣脱。白雪公主纵使肌肤若雪，也要受继母的陷害，险些丧命荒山，所幸遇到七个小矮人，他们收留了她，让她暂时安顿下来，但请注意，救赎她的是七个矮小的男人。熟读童话而又相信童话的女人，会不会因此忽略掉自己内在强大柔韧的力量，以为必须经由男性才能获得救赎，而在救赎前必须先甘心受苦或受虐？

我认识的一个年轻女孩遇到情感上的困扰，她和同班同学相恋四年，情深刻骨，男友在外岛当兵，他们面临着时间与空间的阻隔，谁也不肯懈怠地努力维系着。如今，她碰到的最大问题，是家人强烈要求他们分手。女孩的父母介绍一个拥有好几家工厂的小开给女孩认识，教女孩慎重选择。女孩选择了军中男友，不肯移情别恋，却引发了空前的冲突。父亲声声逼问当兵的男生：能给我女儿怎样的生活？有房子吗？有车子吗？有存款吗？女孩告诉父亲，她自己有工作也有存款，她相信他们将来会过安定的生活。父亲咆哮着骂她不识好歹，简直是不切实际。母亲低声劝她，小开家产好几亿，一嫁过去就有别墅，有菲佣，有豪华轿车，有富贵荣华的生活。女孩告诉母亲，这样富有并不能换来快乐，她只想和自己爱的人在一起，共度一生。母亲哭着抱怨，说都是那些小说、电影把女儿教坏了，从天上掉下来的好运也不要。

自以为现实精明的父母亲，必然觉得女儿理想化了，将来会后悔。在他们急于替女儿选定终身的时候，却未曾考虑过他们那些价值观，是不是另一则成人的童话？当兵的男孩此刻一无所有，并不代表永远一无所有，起码他与女孩共同拥有成长的经验、坚定的情感，这些都是无可取代的珍贵价值。至于那位小开，他此刻的富贵荣华，也不能担保一世的衣食丰裕，不是有“家大业大，捅的娄子也大”这句话吗？我们看过多少嫁入豪门的女人，曾经无比风光、令人称羡，谁知日后背负夫家庞大债务，离了婚还要偿还。与女孩的父母相较之下，我倒觉得年轻的女孩更契合实际一些，未来的事谁也说不准，至少此时此刻，她选择所爱，又能爱其所选，已是一种接近美好愿望的姿态了。公主应该与王子匹配，是父母亲笃信的童话；公主何妨与武士共赴天涯，是女孩想创造的新童话。

于是我发觉，要改换童装是很容易的事，因为大家都能看出不合时宜；要背弃童话却真的不简单，因为我们总是不知不觉找到替代的新童话，又如此自然地将童话当成了现实的法则。一个女人的成长，常常是从背弃童话开始的；一个女人的成功，则是创造了属于她自己的童话。

绝对专一的自制

“那一年我在日本读书，没有奖学金了，我太太就飞过来帮我。她一边工作，一边照顾两个小孩，一大早起来，帮小孩做饭，送小孩上学，然后自己要搭车一个多小时去上班。晚上下班还要买菜，回家煮饭给我们吃，做完家事才能休息。”

这是在维多利亚港边的午餐，我聆听着一位叱咤风云的企业家，谈着年轻时与妻子胼手胝足的过往。另一位企业家在一旁补充说明：“我们张总裁疼太太是出名的，不只是当着太太的面，就算是太太不在身边，也都是夸赞啊。”张总裁呵呵笑着：“我常常说，下辈子要当女人啦。像我太太这样好命，她在家里的地位愈来愈高，我的地位愈来愈低。”

当大家笑着举杯的当下，我环顾着这些成功企业家，忽然得到一些启示。他们对结发妻子的专一，会不会也就是他们成功的秘诀之一呢？

“完全专一，绝对自制”，是在感情上的态度，会不会也是一种人生哲学？当一个男人从白手起家到亿万身家，得经历多少考验，面对多少诱惑？而他始终记得最初牵着他的手，早出晚归、任劳任怨的女人。

他愿意把自己摆得低一点，再低一点，给她更多的尊宠与厚待。因为，不管岁月如何流逝，看着她的时候，往日的光芒便温柔地笼罩。莫忘初衷，在情感上成为一种个人标志，也使他在商场上更无所畏惧，获得更多的推崇。

许多大企业家的第二代，是名副其实的“二世祖”，游手好闲，东不成西不就。而我暗中观察，这些在情感上专一、夫妻关系和谐的企业家，培育出来的孩子，也多有杰出表现，成为父母亲的骄傲。他们领受到的身教，让他们在面对世界的时候，有更笃定的目标与自信。

一个亲吻，一截天梯

我发现人类的想象力其实是很局限的，这一点反映在我们的爱恋关系上。通常，我们仿佛是程式已被设定似的，会和某一种类型的人谈恋爱，哪怕是已经伤得体无完肤，下一次，还是挑选这种类型为对象，无怨无悔。我的学生小黛是那种恋爱至上的女孩，她每次谈恋爱都告诉我们，这一次是真命天子，只是往往不能长久。她爱上的男人都有点腼腆，也有点酷。

在我看来，那些酷样并不是刻意的，而是在掩饰自己的腼腆。小黛是个彩妆师，自己也长得美丽，她坚信没有爱情就不能享受作为女人的乐趣。

上一次她和情人同居一年半之后分手，痛苦半年，便认识现在这个男朋友。当这个现任男友出现在我们面前时，我真吓了小小一跳，和上次那个还真像啊。大家私下预言，这一个应该也不会超过一年半，结果，人家在一起已经三年了，还没传出分手。

小黛有一次比较两个情人的不同，在温柔浪漫的表现上，得分都很高，所以，关键并不在浪漫上。“是在闹别扭的时候。”小黛说，上一任情人很爱同她怄气，而且一气要气好多天，等到情人气消了，她已经心灰意冷，懒得搭理了。这一任情人虽然也和她怄气，但是化解得很快，一会儿就烟消云散了。

她举了两个床上的例子，前任情人有一次在床上和她吵起来，气得背过身不理她，任凭她好言好语，低声下气，又抱又亲，他依旧怨气冲天，接下来几天虽然还是陪着她出差，为她开车，可是脸色沉得像铅。“我忽然觉得自己好像是他的仇人。”小黛发现这段感情无以为继了。

至于现任情人，他们在床上也发生过争执，小黛气到赶他下床，一片混乱中，情人竟然俯下身亲吻了她的脸颊。“我感觉到他是爱我的，哪怕是在争吵的时候。”小黛在那一刻全然融化，他们和解了。

一个亲吻，像一截从天而降的梯子，让相爱的人找到了台阶。

山樱花的后半生

我在高速公路上奔驰了三个半小时，终于来到埔里，探访许久不见的老朋友，他们夫妻殷勤款待，总给我一种回到家的感觉。

聚在一起的时候，我们扳起手指计算彼此结识的时间，原来已经相识了二十八年，那时他们俩还是一对恋人。“那么，你们结婚多久啦？”我问妻子。妻子回答：“十七八年吧！”丈夫听了傻眼：“什么十七八年？都二十七年啦！”我拍手大笑：“我记得十年前问过她，这么多年过去，她的时间完全停顿了呢。”于是，好友夫妻都笑了，妻子一边笑一边说：“日子过得这么快，没感觉啊。”

我在笑声中突然有种说不出的感动，他们经历了“九二一”大地震，生命都有了很大的改变，却觉得相伴的岁月如此匆促，几乎没有感觉。要有很深的情感才能达到这样的境界吧？

经由好友介绍，我又认识了一对医师夫妇，两人在小镇上开个诊所，医师娘平常帮忙诊所事务，下班后就陪着医师找朋友聊天、泡茶、游逛、拍照。医师娘已经六十开外，穿着粉色长裤，浅紫色毛衣外套，乳色恤衫，系一条姹紫嫣红的丝巾，体态轻盈，笑口常开。

医师背着新买的数码单反相机，帮医师娘在樱花树下左拍一张，右拍一张，就像一旁热恋的年轻情侣一样。我们在亭子里泡茶，招呼他们来喝，医师娘进来时，手心拢了几朵刚刚落下的山樱花给我们看。“这么漂亮，掉在地上多可惜。”一边说着，她将山泉水注入桌上的玻璃烟灰缸，把落花放在水面上，就这样一个简单的动作，让我理解了她是怎样的女人，以及她的婚姻何以维持得这么好。

连山樱花落下的花瓣，都能得到她的疼惜，并延续了花的美丽，对于她爱的人与生活，又何能轻易放弃？

爱不是一种侵占

和几个不算太熟的朋友在机场相遇，因为风雪阻碍了飞行，便有了患难与共的真情，留下联络方式，回到台北后，约着聚了一次。三十岁的安妮算是最年轻的一位，对我有最深的好奇。聚餐时，她忍不住问了一个问题：“你觉得你还会再与人恋爱吗？那会是什么样的人？”我说，我其实一直在寻找的，便是一个“有自己的心灵世界的人”。

安妮问：“意思是，有自己的兴趣、爱好吗？”

“应该是说，有自己心灵世界的人，有时候不会那么在乎我，反而会让我觉得很自在。”我试着说明，却总觉得没能完整表达。

一直在旁边没说话的大纪突然点头，对我说：“我明白。”他转头对安妮说：“我们很习惯以爱为名，要求掌握爱人的每一个生活细节与全部世界，如果不能如愿，就会觉得没有安全感，把自己和对方都弄得很痛苦。”安妮有点为难地说：“可是，爱一个人不就是爱他的全部吗？”大纪笑起来，过了片刻才问安妮：“如果他的全部中，有一部分是渴望保有隐私，你也能‘爱’吗？”

安妮挺直脊背，看着我又看大纪，她说：“坦诚地爱一个人，干吗还要有隐私？”我知道年轻的爱总是大无畏的，听见这样的宣言却令我怵然而惊。

后来大纪与我一起走到捷运站，他说前妻对他的世界全面掌控，不许他拥有她不熟的朋友，不接受他赴未邀请她的饭局，她常挂在嘴上的名言是：“夫妻是一体的。”“而我真正的感觉是，我的世界被侵占了。”大纪疲惫地说。愈是被严密监控，就愈想逃出去透透气，他们最终只得离婚。

哪怕再爱一个人，也要保留彼此的隐私，才能长葆爱情。我想，安妮得再多经历一些情感或年岁，才能明白：爱，就是爱，并不是侵占。

婚活不如人活

“婚活”这个新名词是从日本来的，想结婚的女人剪个婚活的发型、化个婚活的彩妆、改个婚活的造型，就可以顺顺利利嫁出去了。问题是，没有人能保证婚后可以幸福或长久。到日本旅行时，我发觉“婚活”确实是个很大的市场，日本人发展出类似俱乐部的组织，教导女人如何穿衣、吃饭、说话，最高指导原则就是要讨男人欢心，让男人动心。

为了结婚而做出的改变，在达到目的之后呢？是不是就要恢复原形了？

我认识过几位很想结婚却始终缺乏缘分的女性朋友，发觉她们都有某种类似的特质，生命里缺乏了一点热情与火花。问她们喜欢做什么事，想成为什么样的人，对未来有什么想象，答案通常是茫然的。

“我觉得自己是个很随和的人，为什么谈不了恋爱，结不了婚？”有个女性朋友这样问。“可以形容一下自己吗？除了随和之外，你是个什么样的人？”我问了她这个问题。她想了很久，摇摇头，无法回答。

她是个好人，却没有鲜明的个性，在朋友的聚会里，多了她也不多，少了她也不少。没有人特别喜欢或讨厌她，她也没有特别喜欢或讨厌做的事。从进大学起，她就在等待生命中的伴侣，因此，已经三十五岁的她，对人生全无规划。

在我们几次恳谈之后，她终于放弃了无尽的等待，找出自己喜欢做的事，她每星期去爬山，晒黑了，变壮了，眼睛变亮了，笑声也变多了。一年之后我收到订婚喜饼，她在山友中找到了人生伴侣。

她并没有为结婚而做改变，她只是先让自己活了起来，找到生命里的热情与火花，这火花点亮了她，让她充满吸引力。人活了，婚还能不活吗？

在她身边熟睡

阿德离婚之后，有一段时间我真的不想跟他见面。因为他当年与美茹的恋爱谈得轰轰烈烈，朋友们有许多期待。后来他们顺利结婚，一起创业，直到事业成功，开了不少工厂，美茹手上的戒指愈戴愈大，人却愈来愈消瘦。

当我们听闻消息时，美茹的癌症已经进入第三期了，那段时间，阿德全心陪着美茹治疗，陪她寻找各种民俗疗法，尝试生机饮食，做了一切可能与不可能的事。前后三年多，竟然奇迹般地令美茹恢复了健康。

一年多之后，阿德提出离婚的请求，将一半家产分给美茹，没有太多挣扎，美茹就签了字。“经济不景气，他的工厂和生意还能维持多久，没人知道。有钱拿就先拿着再说。”

“你们的感情呢？将近二十年的感情，难道一点也不重要？”我问美茹，而她只是笑笑：“你没结婚，是无法明白关于婚姻这件事的。”这种结论往往堵住我的嘴，使我半句话也吐不出来，虽然心里是不服气的。

近来偶然的机会见到阿德和他的女友 Lily，这并不是一个比美茹年轻或美丽的女人，因为不重装扮，使她看起来略显平凡。阿德说他是在一个治疗团体认识 Lily 的，Lily 失婚，也不想再婚，他们目前就这样做个伴，未来的事，谁也不想谈，反而有一种久久长长的感觉。

“为什么是她呢？”我问。“因为在她身边，我可以好好熟睡，你知道，前几年我都睡得很不好。”阿德告诉我，生意做大之后，美茹娘家的人纷纷介入，给他带来很大困扰，为了这些事，美茹生病之前他们就已经濒临分手了。

认识 Lily 之后，阿德才发现，可以在一个女人身边熟睡，真是莫大的幸福。我想，这确实是我不了解的，关于婚姻这件事。

谁来与我相爱

在年轻的时候，我常常会做这样的梦。

我独自一个人穿越浓雾，既孤单又彷徨，但，我命令自己不可以哭，哭是没有用的，必须往前走。于是，我只好像个盲人那样摸索着。我忧虑下一刻就会被绊倒，会摔跤，这些事都是可能发生的。我可以听见自己急促的喘息，在安静的空间里，分外喧嚣。然后，有一个人，安静地来到我身边，握住我的手，带着我往前走，我看不清那人的模样，甚至不能分辨是男人还是女人，但，我却忽然安下心来，仿佛，我一直是在等着他的。

仿佛，我确定他能带着我走出迷雾。我可以完全信赖他。

就在我完全卸下戒心的时刻，他忽然松开手，而我脚下出现一个大洞，我在瞬间坠落。急速地下坠，使我惊悚怵栗，猛然醒来。

有个朋友替我解梦，她说，这就是爱情的象征哦。你一个人在迷雾里，就是在寻找爱情，等待爱情，而你掉进一个大洞，表示你很害怕在爱情里受伤。

听起来合情合理。可是，我并不是害怕在爱情里受伤，我确实是掉进那个洞里，绝望地往下坠落啊。并且我还清楚地记得，原来握住我的那只手，倏地抽走的刹那，掌心里那种冷飕飕的感觉。

在梦里受伤，醒来还记得痛楚。

“在这个世界上，你总会找到一个爱你的男人。”少女时代，有个阿姨这样对我说过。

那个阿姨结过两次婚，又为爱情漂流海外，在二三十年前，算是很另类的，绝不会是女性期望的理想典型。可是，已过中年的她，谈到爱情这件事，眼中依然闪着亮光，依然全心全意地憧憬和相信。

我在少女时代，像竹竿一样地抽长、飙高之后，体重却完全没有增加。因为“高人一等”，又因为像难民一样瘦弱，令我很自卑。阿姨安慰我：“青春期就像换毛的小鸡，既不可爱，又不美丽，可是，换上了一身新的羽毛，那可就漂亮了。”我觉得我并不是换毛的小鸡，我是换毛的小火鸡，丑上加丑。

“你参加舞会的时候，麻烦请坐着，千万不要站着。”有个学长不带恶意地叮咛过我，“你坐着看起来是个小个子，一站起来，我的天啊，真吓人。所以，麻烦你还是坐着，免得吓到人。”我一直不喜欢参加舞会，因为怕吓到人。

考上研究生的时候，教授和我们这些女生开玩笑：“你们有没有男朋友啊？如果现在没有，以后可就难喽。”那时候，我们可是热血沸腾的求知女青年，这些恫吓一点也起不了作用。二十出头的我们，都以为爱情和学业是可以兼顾的。

“现在的男人，不是最喜欢跟女老师结婚的吗？”我们彼此安慰，却忽略了一件事，男人爱的是女教师，可不是女教授。

高学历，使男人在婚恋市场上待价而沽，却使女人“待嫁而枯”了。

“你只要说你念过研究生就可以了，千万不要说你是博士，这种事不能提，会吓到别人的。”我的同学，在好几次相亲之前，都被如此耳提面命。一叶知秋，我不肯去参加相亲活动，因为不想吓到人。

“什么样的女人都能娶，就是不能娶女作家。”我听过不止一次，有男人被这样警告着。女作家天天暴露别人的隐私，又惯常把家务事拿出来作为创作题材，真是危险分子。

女作家是一种神秘的、难以理解的职业。她们平常过的都是怎样的生活呢？《欲望城市》里的女作家凯莉，结交了一群时尚好友——画廊经理人、专业律师、权威公关，她们天天华服美鞋，出入于城内最时尚的俱乐部，随时可以找到一夜情，处处有俊男围绕。这大概是首度以女作家的生活和感情为题材的剧集，吸引全球无以计数的眼光和歆羡。

“你们这些女作家，一定有很多朋友吧？”《欲望城市》都是这样演的。

“你们这些女作家，要参加很多不同的 party 吧？”《欲望城市》看见的就是这样。

“你们这些女作家，感情生活都很多彩多姿吧？”看看凯莉的罗曼史，一筒卫生纸卷都写不完。

我到香港的大学任教那一年，最大的挑战就是电脑设备，连有注音的键盘都找不到，而我除了学校的课程，还有那么多要赶着交的稿子，没有电脑，简直无以为生。我们每个教授，都有一位研究生作为助理，我和我的研究生助理，每天都与电脑的软件、键盘、打印机努力奋战。然而，别的教授看见她，却似笑非笑地问：“你每天都忙着陪张老师去逛名店、买名牌吧？”

言下之意，这便是我这个女作家全部的生活内容了。

一直到这几年，我去大陆为新书做宣传，许多人对我的生活细节还是充满好奇：“你写稿的时候，会有些什么怪癖吗？”

怪癖？我很想符合他们的期望，可是，确实没有什么耸动的秘闻可与人分享。在寂静的尴尬时刻，记者提起一位红遍华人地区三四十年的畅销女作家：“像她的怪癖啊，就是写小说的时候，全身都要脱光光，一丝不挂哦。”

一丝不挂？谁说她一丝不挂？谁看见她一丝不挂？

在那一刻，我忽然明白张爱玲闯荡上海，总是在服装上标新立异的心情，反正你不作怪，别人也当你是个妖怪。

检视着自己的前半生，我看见三个最主要的不利因素：身高太高，学历也高，还是一个暴露别人与自己隐私的女作家。当然，我也看见一些次要的不利因素，像是不参加舞会，不愿意相亲，还常常搞自闭。

这样的命运，并不是无法转圜的，我也曾遇见过可能会有的改变。

一个男人带着爱情来与我相遇，他向我保证在结婚之后，会让我过着安逸的生活。他是美国大学里的教授，允诺我可以利用寒暑假四处旅行。

“我们可以搭火车游欧洲，上午逛香榭大道，下午就去白金汉宫……”我听得着了迷。

他对我描述旅途中的奇遇，有一次，他在深夜里开车开到瞌睡，便停下车来，好好睡了一觉。黎明时分他醒来，发现自己置身于整片草原，草原上开放着不知名的花卉，像一张画布。而太阳缓缓从地平线升起，点亮整张印象派色彩缤纷的油画。我听着，仿佛推开车窗，也看见了那幅震撼人心的艺术品，激动不已。

“虽然你平常的生活会有点无聊，可是，到了放假就好啦。”男人这么说。

“我一点也不无聊啊，我又要教书，又要写作……”

“不不不。跟我结婚以后，你不用教书，也不需要写作了。”

我的眼神顿时黯淡下来，心情降至冰点。

如果他需要的女人，既不是一个大学教师，也不是一个作家，为什么要与我恋爱？他爱的到底是真实的我，还是一个他以为可以完全改变的女人？

我们为这件事沟通了好几次，每次都只让我们感觉更沮丧，“这个人不是我要的”，这感知愈来愈鲜明。于是，欧洲火车失去动力，印象派花海在阳光中融化了，我那最接近幸福的一次想望落空了。

“你的感情没有着落，是因为你的名字，这名字令你成名，却成为爱情的阻碍。”有个研究姓名学的朋友，很热心地为我指点迷津，她建议我换一个名字，一个可以让自己红鸾星动的名字。

听起来我的名字像是一个魔咒，只要我能像“神隐少女”一样，遗忘自己的名字，就能遇见一个真命天子，获得爱情与幸福。

不只是我要遗忘，遇见我的人也要被蒙在鼓里才行。就像是古式婚礼，新郎并不知道拜天地的那个女人，到底是方脸还是圆脸，是斗鸡眼还是满嘴蛀牙，等到正式成为夫妻了，掀起盖头的那个瞬间，一翻两瞪眼，却已经不能退货了。

为什么听起来那么像是一场骗局？既欺骗了别人，也欺骗了自己。

我终究没有更换自己的名字，也没有放弃自己想要的生活。

就这样，可能会有的改变，也让我错过了。

故事讲到这里，应该是一个挺悲哀的状态了，可是，我发现自己的日子愈过愈快乐，生活愈来愈充实。

首先，我要感谢曾经与我相爱的人，他们不畏惧那些魔咒，也不企图改变我，只是爱我。他们有足够的自信，让我可以保持自我。只要我愿意，便可以穿上高跟鞋，甚至比他们还高。我不必隐藏自己是个博士，也不必假装自己是小学老师，我不必维持浪漫形象，也不必刻意展现知性美。

只要做真实的自己，就可以了。

年轻时的梦境，那片迷雾森林，并没有出现。在等待和寻找爱情的路途中，我有着充足的天光照射，可以把自己和前方，都看得很清楚。

我还要感谢与我分离的那些情人，很多人分手的原因，都是因为第三者的介入。但是，我和情人之间，却是因为个性问题或价值观差异难以为继。

第三者介入的感情，充满谎言、虚伪、背叛，而背叛又是人类最感痛苦的伤害。我和我的情人们，或许曾经让彼此失望，曾经淡漠以对，曾经用锋利的言辞割伤对方，但所幸没有背叛，也没有因为背叛而说出的谎言。

梦境中，突然松开了手，让我急速坠落的情节，迄今没有发生过。“那么，我们只能走到这里了，真的没办法继续往下走了。”我常常和情人这样心平气和地商量着。我们都同意了，应该要松开彼此的手，于是，两只手松开来，让风从其间流动而过。

我的掌心犹有余温，我的双眼盈满泪水。

有时候，我觉得自己美好得值得他人热爱；有时候，我觉得自己丰富得想倾尽所有去爱他人；而在更多的时候，我认为彼此相爱，是最奢侈贵重的幸福。

因为我有过这样的幸福，我相信自己将再次拥有。

过自己的情人节

情人节正好测试自己的虚荣心和成熟度。

我常喟叹着对人说，台湾人负担真重，不但要过西洋情人节，还有个中国七夕情人节，仿佛是非常重视恋爱关系似的。有情人的人固然无法忽视这个普天同庆的重要节日，没有情人的人更有种无所遁逃于天地间的强烈感受。

那些包装精美的巧克力、那些价值昂贵的玫瑰花、那些不一定可口却一定很浪漫的双人烛光晚餐，没有人可以视而不见，办公室里的女同事们纷纷暗中较劲，谁的男友送了一大束花来，谁的老公订了五星级餐厅吃大餐，谁的未婚夫送了项链或手镯……原本一个很单纯的节日，忽然添上诡谲的气氛。女人们脸上的表情神色瞬息万变，连没谈恋爱的无辜者置身其中也惶惶不安。我觉得有趣的是，我们为什么要过情人节？我们到底为谁过情人节？

许多节日其实都是纪念日，而情人节不该是个纪念日。难道不过情人节我们就会忘记情人，或忘记了爱吗？我看见过一个男人脚踏两只船，到了情人节忙得不亦乐乎，六点到九点，陪新欢吃晚餐；九点半到十二点，与旧爱共进消夜，顺便将新欢送的玫瑰双手捧给旧爱。旧爱仔细数了数，二十二朵玫瑰，“为什么是二十二朵呢？”旧爱满怀兴味地问困倦得呵欠连天的男人，男人这才知道玫瑰有二十二朵，但他不知道花语的意义，当时接过花来，他只努力想着如何从新欢身边脱身，赶到旧爱身边来。这样的情人节，对男人与他的情人们来说，除了疲于奔命与隐瞒背叛之外，还有什么意义？

假若情人节是要向情人表达感激与爱意的节日，那么最重要的应该是心意而不是形式。我才不在乎别人吃一两千元一份的大餐，不稀罕三四千元一束的玫瑰，最可贵的，应该是与我相爱的这个人和这份情感。

我只想和我的情人去摊子上，吃一碗二十五元的蚵仔面线，并且交换一张十五元的小卡片，把彼此的心意不厌其烦地写下来，作为一个见证。我们曾经这样爱过，还将继续下去。据说许多女人在情人节会有极复杂的情绪，暗潮汹涌，很多时候是因为太在意别人的看法和价值观的缘故啊。谈自己的恋爱，过自己的情人节，便是我的心灵喜悦良方。

爱上自己的身体

泡汤也有身心治疗的效果，当我们静静潜定在温泉中，像是一种全然妥帖的拥抱；当我们轻轻晃动，更像是温暖的按摩与抚慰。

“无论一个人有多么衰老、沧桑、残障或与他人不同，他都有可能热爱自己的身体，觉得自己很美好，这也是一件很自然的事。”海芮特·李而纳（Harriett Lerner）这样说。然而，很多时候我们并不爱自己的身体，甚至忽略了身体的存在。直到剧烈的疼痛与不适，如狂浪一般席卷我们的知觉，我们才忽然警觉，身体一直在这里，不可更换。

我约了一个身心状态都不太好的朋友上山泡温泉，她正为了婚姻的问题烦恼着，又为自己的甲状腺机能而沮丧。从去年天冷之后，我就一直等她安排时间，但她总是很忙的样子，直到山樱花点缀出粉嫩的颜色，我终于在一个非假日的午后，将她“绑架”上山。她依旧是整齐细腻地化着妆，紧紧绷住的肩膀，不断抱怨着失眠啊，腰酸背痛啊。我给她一瓶矿泉水，推她进个人浴池：“泡到睡着为止啊。”她果然花了许多时间，汗水使彩妆脱落，而被温泉蒸出来的潮红面色，却令她更美丽。她的身体明显放松了许多，脸上有着许久没看见过的浅浅笑意。我知道，其实是因为她的身体受到了抚慰——连她自己都忘记了的身体。

从去年冬日开始，到今年的春寒时分，已经有过好几次，我与朋友兴高采烈带着沐浴用品，往温泉乡寻去，然后，在人山人海中败兴而返。这个冬季的冷风特别多，一场接着一场，并且落着小雨。在办公室里的人们，行过低温街道的人们，不禁想起那种浸泡在温泉中的舒适与放松。成千上万人同时想起，同时行动，于是，我曾在假期上山时，被堵住几小时。距离温泉浴场还有几公里，便看见泊在路边的一辆接一辆车，成千辆车同时涌来。浴场里人马杂沓，挤得空气稀薄，我们像逃难似的逃离现场，免不了产生沮丧的情绪。

春天里，我拆开朋友们送的生日礼物，看见许多泡澡用品，精油浴盐、日本原装泡澡粉、温泉花、温泉炭……中国台湾有很好的温泉水质与浴场，但在过去人们泡汤的风气并不盛行，这些年一方面是旅游带动了泡汤热潮，另一方面当然是受消费文化的影响。既然到浴场去泡温泉日益困难，于是人们尝试着用自助方式在家中泡汤，琳琅满目的入浴剂，正标示出一种新的需求。包装上印着“箱根”“登别”“汤泽”的日本温泉地名，添加着薰衣草、山樱花、柚子皮的香气，有着牛奶的质地与各种不同的色泽。除此之外，还贩卖着泡澡木桶、小板凳、泡棉、和式浴衣。有人因此认定这分明就是日本风情的重现，我看见的却是现代人对于自己身体的疼惜和对感官的重视。难怪唐明皇这位调情圣手，在春寒中要赐贵妃华清池温泉浴，这是在相当精致的文化熏陶下才能拥有的理解，对于身体的崇敬与爱宠。他明白在温泉中，一个女子的细腻感官将渐次苏醒。泡汤有时是很性感的。

泡汤也有身心治疗的效果，当我们静静潜定在温泉中，像是一种全然妥帖的拥抱；当我们轻轻晃动，更像是温暖的按摩与抚慰。那些无情的争斗、造作的虚假，暂时可以停歇，只剩下皮肤在感觉，硫黄的或是添加的香气，弥漫在空气里，熏人欲眠。我们于是恢复到最初的形貌，如胚胎安居于母体。

Frederick Sachs（弗雷德里克·萨克斯）在 *The Sciences*（《科

学》）一书中写道：“触觉是我们最先开始却最后消逝的知觉。”当一个新世纪开启时，一直就应该被重视的知觉，终于在泡汤的需求中展开了。然而，对于身体的开发与探索，我们都还有一条漫长的道路呢。

对自己的灵魂微笑

微笑的弧度，正好让灵魂快乐地荡秋千。

一段时间没见的朋友，会忍不住询问：“最近用什么牌子的保养品？看起来似乎变年轻了？”初次见到我的人，则会意外地说：“没想到你这么年轻啊！”我只好自嘲地说：“是因为我出道太早了。”然而，我最大的困扰是美容杂志或妇女版编辑邀请我谈谈自己的美容青春秘方。我从来不特别服食任何一种维生素丸，更不曾四处寻觅滋养的汤水，虽然在香港教书时，曾有朋友力荐我吃雪蛤糖水护肤养颜，我尝了个鲜也就作罢了。朋友研究我为什么看起来感觉年轻:“哦,大概是头发愈剪愈短的缘故吧。”

其实没有人知道，是我转换了一种生活态度的缘故。

三十岁以前我一直都是很严肃的，严肃地看待人世与人情。我非常认真地工作与创作，坚持完美主义，这使我时时绷紧神经，脸上的线条僵硬刚毅。友人嘲笑我“宝相庄严”，我则自诩“堂堂正正”，这使得我在二十几岁时就具有四五十岁的稳重了。后来，经历了更多的挫折与锻炼，我发现太严肃只会让自己更难渡过困境。于是，我试着放松自己，深呼吸，而后对着镜子微笑，将嘴角牵拉到半个圆的弧度，让烦恼在上面打秋千，荡呀荡地，就掉下去了，就不再困扰我了。

为了让烦恼快点失足掉落，我带着微笑出门，带着微笑见朋友和陌生人。我并不是对镜子微笑，也不是对任何人微笑，而是对自己的灵魂微笑。坚持微笑，使我的眉眼之间透露着喜气，使别人愿意与我亲近，使我看起来比实际年龄年轻。

在香港的大学里授课，感受到迅捷效率的压力，我看见那些比我年轻又美丽的女同事，被严肃压迫着，愁眉不展，失去了青春活力。她们也许有很丰厚的收入，也许有似锦的前程，可是，我一点都不羡慕她们。她们常常问：“怎么你看起来总是很开心？”唉，我其实是以她们为鉴，时时提醒自己啊。

我的青春美容秘方是，保持好心情，最起码要保持微笑。

老而喜悦老而美

我和朋友翻看杂志的时候，看见一位港台著名的超级美女明星为化妆品拍摄的广告相片。曾经，我的朋友非常欣赏这位女星，此刻，她仔细端详着相片里的美目盼兮、巧笑倩兮，叹了口气说："唉，她也老了。"

有一回，我和几个朋友去餐厅喝下午茶，大家都穿着当季流行的款式和色彩，愉快地大吐家庭、婚姻和工作的苦水。隔壁桌上一群六十几岁的妇人，不知道说了什么笑话，一桌子的人都哄然大笑起来，我们被打断了，不约而同转过头去看，然后，便都安静下来。坐在我身边的朋友端起咖啡喝了一口，蹙起眉头说：

“天哪，我们以后都会这么老。”我不知道她蹙眉是因为咖啡涩苦，还是对于老年的恐惧。

因为害怕疾病的侵袭，我们锻炼身体以求葆有健康；因为担忧肥胖而变形，我们控制饮食及生活习惯。然而，我们有什么方法抵挡岁月留下的痕迹呢？我们有什么方法可以逃避年老的来临呢？我们看见偶像老去的时候，感到惆怅叹息，我们想到自己有一天将会老去，觉得悲哀无望，果然是不许人间见白头啊。这一切都是因为我们对年老的憎恶，于是，当年老果然到来，自然一丁点喜悦与美好的情绪也没有，只像一种驱之不去的恶咒。

可是，年老真的那么可怕吗？我在香港的时候遇见过一位老绅士，他把生活安排得很充实，去游泳，看赛马，闲暇时候还看看“张爱玲”，或者计划每年两次的旅行。他的手有时抖得厉害，自己也不尴尬，反而对我们这些孩子撒撒娇：“呵，把茶杯递给我啊。”他对世界的看法乐观豁达，更懂得欣赏美丽与真实的事物。“如果不是活得这么久，怎么能够遇见这么多有趣的人呢？”他对年老的看法是，活得愈老收获愈多，在他身上，我看见的是岁月堆积起来的睿智和幽默，而不是摧折与毁坏。虽然，将近八十的他确实是老的，老得满头白发，老得满脸皱纹，却也老得再无忧惧，老得自在从容。

自从西方社会开始发掘 XL 加大体型的模特儿，获得极好的反响之后，敏锐的广告业者又开始寻觅五六十岁的资深美女，作为抗老保养品的代言人。过去这类保养品，一定要以皮肤紧绷如熨斗刚刚烫过的年轻美女为代言人，才能显示出产品的优越性。如今，资深美女的出现，一举颠覆了凡是美女便绝不能见到一丝皱纹的法则。

她们穿着轻松舒适的衣裳，站在河谷或是林野中，仰起头让阳光洒在脸上，毫无顾忌地笑起来，展现出脸上深深浅浅的岁月刻痕。这样的笑靥何等温暖。就像广告公司说的，只有这些高龄模特儿才能表现出自然、快乐与成熟的模样。

看着她们毫不矫揉造作的笑容，我相信这应该就是老去以后的喜悦感觉。我们必然能比年轻的时候更有自信，因为，不可取代的阅历和记忆，使我们握有 把解开生命谜底的钥匙。

爱能防堕

小学二年级的男生对班上的一个女生说：“我长大以后要娶你。”谁会把这样一句话当真呢？纵使他们真的是两小无猜，形影不离，成为同学们取笑的对象，但是长大之后，一切就会改变了吧？或者，渐渐地忘掉了吧？

然而，小学五年级时，男生因为家庭因素突然搬家转学，从此就与女生失联了。尔后，女生改了名字，像是一个崭新的人那样，过着新的生活。男生曾找过女生，用的是旧名字，始终没有找到。

直到十四年后的某一天，女生在脸书上寻找到男生的名字，并且发出信息，询问他是否是自己认识的那个人。男生给了这样的回复：“我一直在找你。”

他们相约见面，发觉一直都把彼此放在心上，虽然分离了十几年，从未见面，神奇的是，爱却静静地在心里生长着。

分离时还是孩子，见面时都已是成人，准备好要爱，也等待着要爱，而见面的瞬间，清楚明白，想要爱的就是眼前的这个人。

这是与脸书有关的浪漫爱情故事，相信必然会流传好一阵子。网络啊，并不只是戕害青少年的身心，或是造就许多宅男与怨女，还能穿梭不可能的相逢，令有情人终成眷属。

十四年后再相逢，男生成为英挺的军官，女生则是有着甜美微笑的房产公司秘书，就像是拍偶像剧那样，连他们的职业和形象都那么优质。如果，他们并不是这样的优质男女呢？如果他们在成长的过程中堕落沉沦了呢？恐怕再相见已是面目全非。

或许就是因为心中有爱吧，有着爱的盼望，便有着向上的想望，于是不肯堕落，也不会堕落。

那一天，我看见香港工地围篱上写着“小心防堕”的标语，想到人生常有堕落的可能，往往都是爱防止了我们的堕落与沉沦。

有爱活得久

澳大利亚皇家理工学院教授科恩在一项人类老化国际会议上，提出一个结论：恋爱的人或者有很多嗜好的人，寿命通常比较长。

澳大利亚专家的说法是，当一个人专注于某件有趣的事物，或是与情人含情脉脉地对望着，全神贯注的时刻，便会忘记了时间的流动，一个小时过去了，却以为只过了五分钟。我们应该都记得陷入热恋中的自己，是怎样地充满活力，不觉得疲惫，对于彼此充满探究的兴味，对于两个人共同去做的每件事都充满期待。当我们与情人手牵着手，当我们紧紧靠在一起，我们的心跳与呼吸平稳，生命仿佛永不止息。

第四章

青春并不消逝，只是迁徙

谁家绿杨堪系马

你问我，童年的印象是什么?

一匹白马。

这是小时候的一桩鲜明梦想。我们居住的社区，有一片在孩童眼中十分宽阔的绿色草地，高大的松树将社区与外面的菜园隔开。我常想着，应该养一匹雪白光亮的马，系在草地另一边临水的杨柳树畔，孩子们仰躺在草地上，看它低垂颈项嚼食与饮水。

你知道，二十五年前，这个二层花园小洋房的新社区刚落成时，在木栅地区是首屈一指的，提起“党部宿舍”，人们都带着几分欣羡的神情。宿舍共有六十户人家，建地与空地各占二分之一的面积。除了供孩童嬉戏的绿地以外，房舍之间都保留相当的空间。大年初一，大人们齐聚村口的空地上，排成两列，新年团拜，欢欢喜喜地相对三鞠躬，祝贺新岁如意平安。小孩子不耐烦这些，把所有新行头全穿戴起来，奔向围绕村边的田地里，燃放水鸳鸯和烟火筒，我很容易就觉得兴味索然了。除夕夜，旧的仍在，新的未来，一切才正要开始；年初一，新的已经来了，转眼便要旧了。我因此不觉得欢喜，反而有一丝丝莫名的惆怅。

你要蹙眉了，因为我把过年这样的事说得苍凉。其实，过年是热闹的，家家户户在腊月之前就把自己做的香肠、腊肉、板鸭、咸鱼一类的东西挂在小阳台上风干。有些隐隐生了霉点，便拿到村口空地上晒太阳，差遣孩子一旁守着，赶猫。我们穷极无聊，对着在阳光下滴油的香肠评头论足：这一家的香肠太肥了，怪腻的；那一家的又太瘦了，不香。空地上不止晒东西，每逢特殊节日还搭张大布幕放电影。那时节放的电影，不是母亲找孩子，便是孩子找母亲；不是哥哥找弟妹，便是弟弟找姐姐：所谓的伦理亲情大悲剧。银幕上的剧情悲到无懈可击，观众席上的我们玩着自己的游戏，推推打打，乐得不可言喻。不仅如此，像是溜冰、骑车、跳马背、乐乐球……十八般武艺，都是在这块空地上练就的。

刚学会骑车，那种逍遥自在的感受令我着迷。村里每排房子后门相对的巷弄比较狭窄而阴暗，放学以后，我便骑着车子穿越那些巷弄，想象着自己骑在白马上，缓缓前行。多半是烹饪晚餐的时间，可以听见各家厨房里的声音，嗅到各种菜香。

“二宝！叫你哥哥回来吃饭！”

“丫丫！带弟弟去做功课，还看电视？”

“好辣！哈——啾！”

吱啦吱啦——煎鱼的声音。

唰！噼里啪啦——炒青菜的声音。

如果把车子骑快一些，这些掠耳而过的声音便混杂而成：

二宝——吃饭——去做功课——好辣——嗞嗞啦——噼里啪啦——

而我忍不住，哈——啾！

村里的路灯一盏又一盏地亮起来，交通车顺着马路笔直地驶进来，把孩子们的爸爸送回家。

大约是四岁那年，我们住进这个社区，我家后门正对着那片绿地。在这之前，据说父母组成家庭的六年之间，搬迁了八次，最短暂的一次赁居时间，还不满三个月，这是一种新兴的游牧民族。与现今无壳蜗牛的心情迥异，很容易就认命了，在这种仿佛永无止境的搬迁生涯中，竟也安适下来。

直到父亲幸运地抽中新建宿舍，一切才有了转机。社区的地址是“永安街”，看见这个名字，便觉舒坦，好像和“千秋万世”

的意思差不多，游牧生涯终于写下了休止符。新房子有两层楼，外加前后院，地板是磨石子的，打蜡擦亮以后，穿着袜子可以在上面溜滑，偶尔失手，便摔得头破血流，也是有的。卧房和洗手间都在楼上，刚学会走路的小孩儿，常在大人一不留神之际，便“下”了楼。至于“下楼”的惨烈过程，实在不堪细究。

左邻右舍最少都有两个孩子，灾难频仍，成长经历一点也不“永安”。王家的孩子骑车撞断了李家孩子的腿；方家孩子折断了许家孩子的胳膊；陈家孩子在绿地上做捕手，偏那棒球直飞向他的眼镜；赵家大儿子从阳台上往隔壁阳台跳，不慎失脚，便直坠下地；赵妈妈犹未消气，二儿子不知怎的又触电昏厥。这类血光之灾不胜枚举，再说下去便太“卡通”了。反正，孩子们都大难不死，倒是社区里的猫儿狗儿，癞的癞，瘸的瘸，精力旺盛的孩子摧柳折花，劫后余生的树木，都被剥去了皮。我们是顽皮的孩子，却也有着顽强的生命力。我一直这样以为。

孩子们的年纪差不多，穿门越户，从这家到那家，好像是理所当然。有时是家长把孩子寄在邻居家去办事了，孩子们睡在一起，吃在一起，兴高采烈，“饭是隔锅香”，食量也变好了。

父母亲一向不愿麻烦人，常有邻居来借碗饭、借块姜、借根葱、借匙醋，或者把孩子借放在我家，父母亲却又一向慨然相助。家里新换了一套塑胶皮的沙发，十几二十年前可是一笔不小的开销。“借放”在我家的邻居小孩，吃完点心、做完功课以后，用他的新刀片，在每张沙发上划一道长约十五厘米的口子。当我母亲赫然发现，每张沙发都龇牙咧嘴地对她笑着，差点儿晕过去。

“你为什么把张妈妈的沙发割坏？”

“我想试一试新买的刀片。”

人家只不过想试刀罢了。

“那，已经割坏了一个，为什么把其他的也都割坏？”

“我想试一试其他的沙发牢不牢嘛。我不是故意的。呜呜呜……”

人家只不过是想试沙发，谁知道沙发这么不牢，一割就破？

你说什么？叫他家赔？别开玩笑！人家爸爸妈妈都来了，他爸爸揪着肇祸的孩子，说要用家法处置来赔罪；他妈妈带着胶布来，一面帮咱们贴沙发，一面猛赔不是。我的父母亲可忙坏了，又要把孩子拉进怀中保护，又要扶住他母亲，一连串地说：“没事，没事了。小孩子嘛，他又不是故意的。好玩嘛！这沙发不算什么！就是，就是沙发不牢——”

好啦！既然是沙发不牢，那孩子便是无辜的了。

那套用胶布粘好的沙发，在我家客厅里摆设了将近五年。

楼上有两间卧室与洗手间。那时候的窗户都是方正宽大的木窗框，绿色纱窗。攀在窗上与对门的孩子对望，挤眉弄眼，用各种手势交谈，打发无聊沉闷的午睡时间。雷雨交加的夏日午后，在另一间卧房的窗旁，看着窗外绿地成为水泽，看着闪电在远处的山坡忽隐忽现。木窗框经雨水浸泡，略微膨胀，有一股特殊的潮湿气味。

我一定要向你介绍洗手间，它是个卫浴合并的小空间……这有什么特别？现在听来当然不特别，可是，在二十五年前，很多人家里没厕所，得上公共厕所，家里没浴室，就把洗澡盆子放在厨房呢！而我们的洗手间已有了磨石子浴缸、白瓷面盆与抽水马桶。这种进步却也带来若干后遗症，比如，刚进小学时，我完全不能适应那种蹲式厕所，甚至分不清哪边是前，哪边是后。

前面庭院种植了不少花木，“春兰秋桂”这样的形容词一丝也不夸张。墙角有一株葡萄树，结了一些果实，养了不少虫子，有的时候，肥肥胖胖的毛虫被风吹落，让来往奔跑的孩子踩扁了。我家的房子坐北朝南，阳光格外眷顾，对面邻居在冬天里常来敲门“借太阳”，把他们家的毛毯、棉被，晾晒在我家庭院。天气更好的时候，则每家都赶着洗衣裳、被罩和床单，晒不下的被单就一层又一层地搭在较宽的巷道中，成为一张又一张的帷幕。大朵的牡丹、绿叶，是俗艳的，却是富贵如意的表征。洗的次数多了，有些褪色，布料倒显得格外柔软，童稚的我让被单掠过面颊，如穿越一重又一重宫墙，许多色彩缤纷的遐思，飞升盘旋。

我们在社区居住约四五年，四周稻田纷纷被填平，开始起建公寓。村外大兴土木时，搭建起来的鹰架，是一个极刺激的邀请，禁不住引诱，我们在一个多星的夜晚，呼朋引伴，攀爬到最高层，坐下来，七嘴八舌地在灿烂星光下诉说梦想。

有人说要到青海去开牧场，大家都振奋起来，这个说要养很多牛，那个说要养很多羊，我说：我只要养一匹马，一匹白色的……

“谁家的小孩？”一声呵斥，惊断了我的童年梦。邻家黄妈妈在下面看见了我们晃动的身影，大声喊叫起来：“看摔死你们这些坏孩子，快点下来——哎呀！小曼哇！这么大胆子，我要告诉你妈妈……”

长辫子在黑暗中竟也泄露我的身份，我们四散奔逃，顾不得那些牛、羊或者马了。

搬离村子那年，我十四岁，挥别童年与友伴、回忆与绿草地上的白马。那时，围绕社区的全是四层楼的公寓楼房。

不过几年光景，左邻右舍多半都搬走了。成年以后，回去看过一次，惊讶地发现，我曾住过的房子，竟然这么小。

父亲听了我的不甘愿，笑起来说：“本来就小嘛，只有九坪的建坪，楼上楼下加起来才十八坪。后来好容易加建成二十二坪，已经很不错了。”

也许，你说得对，孩子的世界是广阔无垠的，只有成人会加上框框与界限，把自己关闭起来。

我叹气了吗？你听见了？

是的，是有感伤的情绪，本来，我不打算告诉你，免得你总说，我的故事里，悲伤比快乐多。可是，这些事确实在我的生命里发生了，它们牵扣着我的心灵，让我对人生有更深入的认识。

去年秋天，我们这些分散后几乎不曾聚首的童年友伴，差不多到齐了，为的是替我们之间年纪最小、最顽皮的男孩送行。我们聚在一起，参加他的告别式。

曾经我以为，顽皮的孩子，便有顽强的生命力。纸灰飞扬的时候，我知道，那匹马已经走得很远很远了。

即使我回到村子里，在绿地栽满杨柳树，也系不住那匹马了，我知道。

那匹马的名字，叫作“时间”。

当时年少春衫薄

高中联考的前一天，我站在四楼公寓阳台，俯瞰那方冲洗干净的天井，想象千百种下坠的方式。如同一片羽毛，或者一个西瓜？其实，缺乏的只是决心罢了。纵身一跃，遂在风中摆脱可以预期的所有失败与挫折。

然而，终究没有痛下那样的决心。

因为连这样简单的事都办不成，十四岁的我，怨天怨地以后，开始厌弃自己——以一种逆来顺受的态度，进入五专就读。

或许因为五岁便入学读书，一直没有开窍。十八岁以前，我始终把自己封锁在一片混沌荒芜的世界里，同时，隐藏着亟亟欲逃的情绪，惊惶而紊乱。

那所五专充满瑰丽人物与缤纷生活，最重要的是骤然失去联考的符咒，生命中最沉重的压力消解无形了。可是，这一切并不能挽救我的灵魂，它日复一日地蔽塞萎缩。

在梦里，我总不停地说话，慷慨激昂地说，和颜悦色地说，声嘶力竭地说，轻言细语地说。

醒着的时候，我什么都不说。

坐在教室最角落的位置，安静地看着喧闹吵嚷的同学，不明白他们何以能够如此兴高采烈？安静地贴靠着沁凉的墙壁，心中微微叹息，他们难道不知道，生命是这样脆弱又昂贵，倾尽所有的偿付之后，得到的只是虚空的嘲笑声罢了。

上体育课时，两个女生走来我身边坐下，叫我的名字问道：“你有病吗？”

我摇头。其中一个凑近我，仔细打量以后说：“我觉得你看起来好像琼瑶小说的女主角一样耶！”

顿时，我全身由内而外，流泻出一股凄美幽怨的氛围。唉，生命是这样脆弱又昂贵。

“是啊！”另一个应声说，“好像那种得癌症，到了末期的女主角！”

我听见，戳破虚空的嘲笑声。

有相当长的一段时间，我为不知道如何安顿自己猛然抽高愈显消瘦的身形而沮丧。我瘦得太厉害，使经过的人忍不住再诧异地观察一番，偏我又比一般女孩高，不容易找到屏障来躲藏。

人们看我，是因为我太畸形——认定这种想法以后，那些有意无意的眼光，几乎杀死我。

大多数的时候，我低垂眼皮，逃避旁人的注视，也不看别人。

搭公交车去上课，只有十分钟车程，把票递给车掌小姐[1]剪过以后，便紧握着车门边的栏杆，动也不动，任凭车掌的白眼怎样翻动，只有这里让我觉得安全，遂生出一种相依为命的情感，抵死也寸步不移。眼看学校就要到了，心中焦虑翻腾如同热锅上的蚂蚁，我不敢拉铃，恐怕蠢动会引来乘客注视的眼光。于是，苦苦地等着、挨着，期盼有人拉铃，我便可以下车。学校愈来愈近，张着大嘴似的校门从车外飞掠过去，终究，没有人拉铃。车子停在下一站，我仓皇下了车，再行走十分钟的路，才能到学校。

体育老师是位高雅健美的女性，时常穿一身雪白的运动装，长发扎成马尾，带领我们绕着操场跑，或做些简单的韵律操。我一直很喜欢她。

有一次上课时，老师教我们围成一个大圆圈，她站在中间，

[1] 车掌小姐：公交车的随车女服务员。盛行于20世纪90年代以前，目前中国台湾尚有此说法。

把球传给我们，我们再传回去。球到我手上时，我迟疑着，对球一向没有准确控制的能力，尤其此时，面对着的是怀孕的老师，我非常害怕传球失误会伤了她。

然而白莹莹的老师拍击手掌，向我要球了。对着她小腿的位置，球出了手。接住球以后的老师勃然变色：

“为什么这么不用心？你说。”

我说不出来。她解散其他同学，罚我传球二十次。是的，那真是一次难忘的刑罚，在全班同学围观下，每一次球将离手，我的恐惧都攀升到顶点，仿佛自己的生命就要耗尽在这一场冗长的折磨里了。

应该严禁自己去喜欢任何人的，我想，因为我的情感显然有害无益。

渐渐地，除了家人以外，我失去与人沟通的能力。

偶尔替父母去市场买菜，传统市集充满摩肩接踵的人群，讨价还价地交易着，我不知该如何与菜贩交谈，只好一个菜摊流浪过一个菜摊，好容易终于找到生意清淡的摊子，幸运地看见我需要的蔬菜。菜贩将菜交给我时，恰巧走来一些买菜的妇人，停在摊子前面，热络地挑拣，我觉得窘迫，好像不是来买菜，却是来偷窃似的，急急忙忙，只想逃走。接过菜来，慌张地走，菜贩高昂尖锐的声音拔起来嚷叫：“喂！钱呢？哎哟！买菜不用付钱的哦！”

我折回去，忍受着辱骂与奚落，道歉并且付钱。

再也不要、永远不要到这里来了，当我跑出菜市场的时候，心里这么想着。

生活仍是再单纯不过的上学、回家，没有舞会、郊游、男生。别的同学花团锦簇的精彩内容令人炫目，而我仿佛是修道院中的人。即使如此，生活中时时发生的情况，已令我疲惫不堪了。

走在学校阴暗潮湿的隧道里，一步又一步，忍不住停下来想，这样充满挫败的日子，究竟要持续多久？

我很幸运，这样的苍莽洪荒并没有持续太久，一些乐观热情的好朋友适时出现在最恰当的时候。她们用心读我稚嫩的小说作品，一句一句教我唱再度流行起来的黄梅调，下课的时候，上体育课的时候，扮演梁山伯与祝英台。《江山美人》《七世夫妻》《秦香莲》《红楼梦》，我们赶着去看这些电影。当时，我竟能够准确模仿对白与唱腔。借着这些古典的故事和语言，在现代寻找暂时安身的方式。

歌声与文字，是我重回“人世”的两种媒介。

同时也发现，爱人与被爱是如此欢欣而美好。

那种置身在人群中愈觉孤寒的感觉，已经远离了。并且发现，所谓的逃避，只是在闪躲自己的恐惧，而自己怎么摆脱得了自己？

于是我学会用逃避的气力去迎击。

只不过是个推门的手势，把心里的门推开，让阳光进来，让朋友进来，也把自己释放。

回顾往昔，真的感念这一段不顺利、不光彩的成长让我懂得被鄙夷和轻蔑的心情，认清每个人都应该被公平与尊重地对待。

如今，在梦里，我变得比较安静，平和地观察着。

醒着的时候，也能够侃侃而谈，不疾不徐地。

然而，在许多场合里，仍会特别注意到沉默的年轻人。年长的缄默，可能是洞悉世事人情以后的豁达恬淡；年少的缄默，很多时候只是禁锢着挣扎的灵魂，强自抑制。

看见那些逃窜或惊惶的目光，我总想知道，他们会不会像我一样幸运地蜕变？又或者，我能不能帮助他们蜕变？

行至盛夏，花木扶疏，却仍记得当时年少春衫薄的微寒景况。

遇见在风中抖瑟的孩子，为他们添加一件衣衫吧。

下雪的时候很温暖

这个冬天，气温骤然下降，我站在教室外张开嘴，看见呵出的热气变成白色烟雾，孩提时代养成的习惯，借此探知季节的嬗递。学生从旁边经过，缩着脖子与我招呼：“好冷啊！说不定要下雪了。”“是呀，下雪就暖和了。”我说着，和他们挥手告别。想到自己说的话不禁好笑，下雪就暖和了，这算什么逻辑？但，这其实是我真切的感觉，窗外雪花飞舞，房里的火炉暖烘烘烤着面颊，圣诞树的灯光闪呀闪的，全家人守在一起，不可取代的奢侈。

两年前的冬天，父母去美国探望弟弟一家人，那是三十多年来我的第一次独居经验。刚开始是很兴高采烈的，每一餐都在外解决，快餐、西餐、火锅、客饭、定食、素菜、自助餐……调配着吃，看心情决定。当天气愈来愈冷，我把圣诞装饰花环挂在门上，邻居小朋友看见都很欢喜，总要跳起来拉一拉花环上小白兔的长耳朵，作为打招呼的方式。过不了几天，白兔的耳朵就成了灰色的，我把它另一只耳朵朝外放，这样的话它就会有两只灰耳朵了。我在一种莫名的兴奋情绪中等待圣诞节，等待新的一年把旧年翻过去。

可是，独居的新鲜感逐渐消失，我总是不能决定这一餐该吃什么，因为没有真正想吃的食物，觉得人如果不必进食就可以省掉很多麻烦。在不同的房间和床铺睡眠也不能令我睡得更好，偶尔做噩梦时，还记得家里只有我一个人，所以不必呼喊或者哭泣，反正不会有人关心，也不会有安慰。于是从悸怖中转醒，在寒凉的空气里轻颤，而后慢慢平静下来。百货公司的岁末清仓特卖，扶老携少的一家人使我停下脚步，不远不近地观看。曾经，我们也是全家出动逛街购物的一家人，然后一块儿开车去淡水吃海鲜。弟弟七年前去留学，接着就业、结婚、生养小孩，这个家的成员变多了，却分散在天涯海角，可以聚在一起的机会十分稀少。有一次，我们约了一起去香港旅行，弟弟一家三口从美国东岸历经长途飞行，在机场相见的时候，一岁半的小侄儿毫不认生地扑进我怀里，大人都吓了一跳，这小孩儿用什么样的能力去辨认，或者去记忆一种特殊的血缘牵系？于是，一向羞怯的他并不迟疑，在流动的人群中，摇摇晃晃地，奔向我站立的方向。那几日同游时，小男孩对我的依恋成了一种新鲜明锐的感受，仿佛开启生命的另一扇门。

小时候我羡慕别人有爷爷奶奶疼惜，有叔叔姑姑可以撒娇，如今，弟弟不太可能回家乡来，就像我也不太可能放下工作或者写作，到美国去放长假，都是不可能的，所以不能团圆，不能在一起。所以，我看着那一大家子嚷嚷闹闹买东西的时候，有一种渴望蠢蠢欲动。当我走过那些华丽的橱窗，璀璨的灯花，自己一个人穿越马路时，格外感觉到寂寞和孤独。

人，是生而孤独的。但人并不一定非孤独不可。

什么是最重要的呢？我一遍又一遍，反反复复地问自己。终于，我向学校申请了留职停薪，一整年的时间。一年没有薪水呀，朋友劝我仔细考虑，但我觉得无比富有，因为这一年里的每一分、每一秒都是我的。听说我要离开，关心的人劝我三思，难道不怕目前拥有的会发生变化？我谢谢这些好意，打电话去航空公司订了机位——美国东岸，和我最亲爱的家人在一起。临走前接受访问：“什么重要的原因使你必须离开？”我说：“因为想跟全家人在一起，共度一个冬天。”这答案显然令主持人迷惑，这有什么重要？而我偏偏觉得，在这时候没有比这更重要的事了。

再相见的时候，小男孩已经三岁了，更有自己的主意，更想要人陪。他以前不敢一个人到楼下来，自从我住楼下，他有了探访的对象和理由，楼上楼下跑得相当勤奋。窗外开始飘雪，我开始写作，他把自己的蜡笔全数搬运下来，坐在我的腿上，陪我写稿。这样的陪伴因为太彻底，所以常常演变为我放下钢笔，拿起蜡笔和他一起画图。写作进度严重落后，小男孩被限制在姑姑下楼时不准追随，唯有要吃饭时，他可以下来通告，他得令下楼，搬运一堆蜡笔，完全不提吃饭这码子事。结果演变成楼上的在饭桌旁痴痴地等，楼下的色彩缤纷画得不亦乐乎。

因为冰雪封天盖地，我们把逛百货公司当成重要的娱乐和运动，全家六个人声势浩大，四处采买圣诞装饰，想把门窗装扮成最出色的。夜里我们开着车在社区巡视，看看别人的创意与巧思，有时候开几十分钟的车去其他的社区参观学习。百货公司有位圣诞老人，等着和小朋友合照留念，我们的小男生心向往之，却羞赧得很。每天每天，我们陪他观看很多小朋友和圣诞老人拍照，通通平安无事，直到他愿意尝试了。我写给朋友的信上说：“这个星期每一天我们都去看圣诞老人，左看右看，前看后看，今天，咱们家的小男生终于肯拍照了，然而在圣诞老人温暖的怀抱里，他的表情竟然是惊恐的。”这有什么重要？我觉得重要就好。圣诞节那夜下着雪，我们坐在一起聊天，小男孩把椅垫塞给我们每个人，撒娇并且扯赖地，在我们的拥抱与亲吻中爬上爬下。爷爷、奶奶、姑姑，我想，他的成长记忆里可能会有这一段，就算忘记了围绕在身边的人是谁，但，曾经被爱过的感觉是不会忘记的吧，这样也就够了。

我也不会忘记，当天气愈来愈冷，我在回忆的炉边烤火，觉得很温暖。

洗澡的好日子

寒流来临的夜晚，拜访朋友之后，我独白散步回家。走过道南桥口，伫立街边等待绿灯亮起，一阵强劲的风从河上吹来，带着潮湿的气味，令人遍身战栗。我竖起衣领，转过头去，望向那排平房，忽然，仿佛有氤氲的烟气腾腾而起，我知道只是汽机车排出的废气，可是，确实有那么一刻，我感觉到温暖，并且听见小女孩的声音说："我们要去洗澡吗？今天晚上就去吗？"

我仍能够辨识出，那是我自己的童音，我仰着脸期待地看着父母亲，我们去洗澡吧？天气冷的时候，便这样一遍遍地要求着。

那年头还没有热水器，那年头我们刚搬到一小时只有一班公交车会进来的木栅，那年头四处都是田垄和萤火虫。那年头靠近道南桥的街上有一排店铺，“跌打损伤”隔壁是豆腐坊，再隔壁是一间澡堂，没什么关联性地开在一起，但我喜欢那条街。

每当冬天的风将鼻尖吹得微微发疼，就是洗澡的好日子了。吃过晚餐，母亲将家里料理干净，父亲也将洗澡的用具准备好，我们一人穿一件厚重的外套，手牵着手往澡堂出发了。晚风的劲头更强，我有时躲在父亲背后，在大人们的安慰中勉力往前走，却从不退缩，我知道在前方等着我的是什么。

澡堂里收钱的柜台小小的，常年都是潮湿的栗色，被蒸气与人气浸润着。我们一家四口进了一间浴室，磨石子浴缸，白色瓷砖墙壁，日光灯悬在天花板上，前一次洗澡的人留下的暖意还没散尽，空气里有着几欲融化掉的肥皂香气，还有一种难以言喻的肉体的气味。隔邻洗澡的声音和烟气，一股股涌进来，而我们也哗啦啦地放起热水来了。两三岁的弟弟和五六岁的我，泡进热腾腾的水里，张开嘴大口呼吸着，不一会儿两个人的脸都蒸红了。浴室里的光线惨白，看不清父母亲，也看不清自己的身体，更浓郁的肉体的气味蒸腾在一起。澡堂里有时会有人敲错门，大声喧哗，有时听见孩子的哭声，其实并不是一个令人感觉安全愉悦的地方，但，我们总是那么快乐，全家一起唱着歌洗着澡。

洗过澡一点也不畏惧寒冷了，我甚至觉得身上的衣物都是累赘，我可以脱去它们，在冷风里飞翔，飞到任何一个我想要去的角落。然而，母亲走进豆腐坊里，向他们买了还没煮过的豆浆，带回家去。我站在一旁看着，磨豆工人穿着背心，头上系着白毛巾，将刚刚蒸好的豆腐打开来，一板一板的好整齐。热腾腾的豆腐有着扑鼻的清鲜香气，有时候母亲也买一块回家，拌香椿叶尖来吃，点两滴麻油，特别入味。我常争着把豆浆提回家，走在夜黑的路上，想着提锅里的豆浆，明天早晨起床便能喝上一碗，加上白砂糖，就为了这个，我甘愿哪里也不去。

我的家里一直保有这种北方人的生活习惯，极少淋浴，多是泡澡。

澡堂没多久就歇业了，家里不知从哪儿找到个汽油桶似的大锅，冬天来的时候，就煮上一大锅热水，再由父亲或母亲提到楼上的浴室里，倒进浴缸中。家里的浴缸也是磨石子的，摸起来透心凉，要好多热水才能将缸温暖起来。我看着父母亲吃力地一桶桶、一锅锅热水往楼上搬，心中充满着恐惧。

家里的楼梯提供我们许多游戏的乐趣，却也让我们失足滑倒。家里最严重的一次楼梯事件，是替人育婴的母亲，有一次下楼帮邮差开门。邮差摁铃摁得凶，母亲下楼下得急，忽然滑了脚，就这么跌下来，偏偏怀里还抱着一个婴孩，为确保婴孩的安全，母亲紧紧搂抱住，任由自己的身体与阶梯狠狠碰撞。这一跤摔得厉害，从腰到臀部全是瘀青，那孩子却是安然无事。从那以后，我对楼梯充满戒心，对于父母亲抬着滚烫的热水上楼这件事，更是充满惊惧。我开始领悟到生命中美好的事物，总暗藏着一些疑惧的阴影，这阴影甚至威胁到我享乐的本能，使之成为罪愆。

少女时代我们搬了新家，与左邻右舍一样，安装了热水器。洗澡是一件再平常也不过的事了，我开始学习替别人洗澡，那些浑身奶味的小婴儿，是我的服务对象。母亲在家中育婴，鼎盛时期有十四五个婴幼儿。绝大多数的婴孩都喜欢洗澡，有些一进了澡盆就不想出来了，我看着他们浸泡在热水中，手脚挥动着，发出喜悦的呢喃，脸上安逸舒适的表情，心里挺纳闷，洗澡有这么好吗？

有一次到市场去买菜，站立在鸡摊与猪肉摊之间，看着被宰杀的鸡只淋上热水除毛，看着切得整齐的猪肉摔在砧板上，忽然，我的嗅觉的记忆苏醒，是的，就是这种气味。多年前我在澡堂里遇见的肉体的气味，在热水与肥皂之间飘着的，竟是一模一样的气味，是死去的肉身与毛发的气味。生与死啊，遇到热水之后，释放出来的怎么会是如此相似的气味呢？所以，我们大量使用各种香皂香精芳香剂，原来只是要遮掩住死亡一般的气息？青春期的我，原就有太多不明了的困惑，我不喜欢自己，觉得生命无聊而且空虚，现在又加上这个忽然发现的秘密，我的生活怠懒起来。

洗澡固然是每天都要做的事，也就是一些机械化的清理步骤罢了，我草草了事，连看都不想看自己一眼。身体在长大，灵魂却不知躲在哪里，逃避着死亡，日复一日。

成年以后，陪同父母亲回老家探亲，也是第一次去大陆。母亲一进广州就病了，从河南病到河北，整天发着烧，吃了许多药也不见好。我们在石家庄暂时落了脚，父亲在那儿有个外甥，可以帮着照应，我们决定等母亲病好了再往下一站走。那位表哥给我们找了家宾馆安顿下来，偌大的园子里有许多高大乔木、喷水池、各色花卉，房间很敞亮，倒是个可以养病的地方。表哥、表嫂带着十岁左右的小女儿来探望，女孩纤瘦，扎两根辫子，眉眼紧俏薄脆，有一种超越年龄的美丽。她在宾馆房间里东看西看，忽然拉了表哥去浴室，过一会儿，表哥谨慎地笑着问："不知道我们可不可以来这儿洗个澡呢？"

在他们自己家里，小小的厕所中加个水管子，上厕所和冲澡全在一块儿了，不过一平方米。我们房里的大浴缸，对他们充满着魅惑。母亲养病的那几天，表哥全家人下了班就来宾馆洗澡，女孩每次洗完澡，换上干净的衣裙，便笑着偎在我身边，那样发自心底的快乐，她的笑不再超龄，只是一个十岁的小女孩了。从早晨到黄昏，园里的乔木上蝉鸣响彻，每当风过，蝉的吟唱把夏日唤得透明起来了。母亲仍然发烧或者昏睡着，我站在窗前眺望刚刚洗过澡的表哥一家人，手牵着手走回家，像是刚刚参加过一场盛宴。这不是我曾经拥有过的、至为简单的一种快乐吗？那些冬夜的寒风里，全家人洗过澡之后，往回家的路上走。我是什么时候失去了它的？

“妈！你要不要洗个澡？我帮你放热水？”我伏在床前轻声问。

母亲睁开眼看看我，摇摇头，似乎又睡去了。刚刚用过的浴室里，仍残留着潮湿的温暖，我关上门，坐在马桶上发怔。母亲不洗澡的那些天，我也不洗，害怕嗅到那股气味，热水遇见肉体之后，释放的气味。

后来，母亲的病好了。更后来，我开始恋爱了。最热烈恋爱着的时候，情人要求一起洗澡，我想也不想就拒绝了。一直到异地旅行中，我生病了，日夜呛咳着，并且发着烧。情人替我准备了一盆热水，扶我进浴室，我依然拒绝，推他出门。爬进浴盆中，看见羸弱苍白的身体，浸泡在热腾腾的水中，嗅着令我惊惧的气味。忽然，我感到后悔了，多么希望有人可以相伴，自己一个人是如此孤单。我潦草地裹住浴巾，换上浴袍，打开门，赫然见到，我的情人蜷着身子，紧紧挨着门，坐在浴室门口。被我拒绝之后，仍然待在最贴近我的地方，不肯离去。就在我开门的刹那间，看见那张端肃忧伤的面容和那双被焦虑焚烧的眼睛。

“为什么坐在这里？”我问。

“我想陪你。”我的情人环抱住我的时候这么说。

原来，陪伴是可以消解恐惧的。知道有人正专心地爱恋着自己，我再度喜欢自己，生命得以添加许多馨美与甘香。那一次病愈之后，我开始在镜前凝望自己，注视着健康的自己，注视着终将死亡腐坏的自己，那秘密此刻不再为难我了，我不会再逃避了，我要更理所当然地享受生命的给予。

这世界确实有些不同了，原本绝不去温泉浴场赤身露体的，却跟着喜欢泡汤的朋友，从台湾泡向全世界。沮丧的时候，忧伤的时候，爱情离开的时候，我就把自己交给一缸热水，也把眼泪和叹息交出来。洗澡的时间变长了，泡在温热的水中，细小的汗珠从唇髭沁出来，全身松弛着，一种飞浮的状态。从来都不会游泳的我，突然看见胴体上飘摇着如同芒草的微细寒毛，仿佛灵魂自幽暗的谷底泅泳而出，带着欢庆的火花与光泽。独自散步回家的晚上，我望向那曾经是澡堂的平房，仿佛可以遇见，那个整天等待着洗澡好日子的小女孩，我会带她一起回家，并且告诉她这个新发现的小秘密——只要是可以洗澡的日子，都是好日子。

潜伏在岁月里的气味

在沙田吐露港的大学校园里，我站在等候校车到火车站的学生行列中，暮色与浓雾暗暗聚拢，有学生走来打招呼：“老师，要不要一起吃饭啊？”我微笑地摇摇头，吐出一口热气，迅即在冷空气中冻成白烟。我的晚餐在离家不远的新城市广场，那里总有许多许多人，只要走动起来就必须摩肩接踵，我常常在快餐店里，用生硬的广东话买一个烧腊便当，提着它搭车回到自己租赁的屋子里。每一次用钥匙打开门，都可以闻到隔壁邻居煲汤的气味，虽然从没见过邻居们。

我在冷而潮湿的树林间等车，看着学生们说笑着远去，忽然强烈渴望一碗蚵仔面线，这意念像点爆一枚炸弹似的，令我战栗起来。

香港有很多台式食物，台菜啦，清粥小菜啦，还有比麦当劳更繁盛的“珍珠奶茶”店，永远高朋满座。可是，就是没有蚵仔面线。

小时候如果乖乖睡午觉，就可以得到一块钱的奖励，我和弟弟一定会在门口等待准时进入村子的山东伯伯，他骑着脚踏车一路吆喝：“包子、馒头、豆沙包咧！”他用棉被盖着的箱子里，所有的面食点心都是一块钱一个。那时候我们已经注意到村外的蚵仔面线摊子了，也注意到一群围着摊子吃得稀里呼噜的孩子。可是，或许因为摊子在村外，或许因为大家都用相同的碗，总觉得那不是我的食物，但偶尔经过时仍忍不住要深深呼吸。有一次因为弟弟错过了豆沙包，爸爸忽然说：“去村口吃面吧，很多小孩都在那里吃面呢。”我们迟疑了一下，想辨别这许可是不是真的。后来，我陪弟弟去了摊子，卖面的中年男人用大勺将面舀进碗里，熟练地将多余的刮回锅里。他添了蒜酱油，加一匙黑醋，再撒一把青绿的香菜末，送到我们面前，将弟弟的一元钱收进桶里。我坐在长条板凳上，盯着金黄色的面线，吞咽口水，就从那刻开始，我爱上了蚵仔面线。

印象中的蚵仔面线都是以摊子的方式出现的，每一摊的材料与滋味都不相同，中学的一位好友，常带着我游走四方，品鉴各家面线的口味。而她自己的品味也够独特："老板，给我一碗面线，不要大肠，不要蚵仔。"再忙碌的老板听到这样的要求，也禁不住要抬起头来看一看，怀疑是不是来了个找碴儿的。"蚵仔很腥啊，大肠一定洗不干净。"这是她的论点。既然如此，何必吃蚵仔面线呢？"我真的很喜欢吃面线啊。"

冬天的我，特别想吃蚵仔面线，想念着在翠意盎然的香菜上，浇一些辣椒酱，将面线的香气激发出来。吃不到面线的异乡夜晚，我竟有了辗转难眠的焦虑，这是不是就是所谓的乡愁呢？后来，我才知道，关于我这样的一个在香港工作的女作家，原来一直有着一些流言，说是每日下课后，我便将自己盛装打扮起来，从郊外乘车进城里去狂欢了，据说还夜夜如此呢。说真的，我其实一点也不羡慕传言中的那个风流女作家，我日思夜想的只是，如果可能的话，请给我，一碗蚵仔面线……

回台湾的课堂上，我和夜间上课的学生提起这一段思慕之情，学生哄堂大笑起来。我有点惆怅寂寞了："因为没离开过家，所以你们不明白这种感觉。"隔了一个礼拜，走上讲台，我看见一碗蚵仔面线，端端正正放在桌上。是一个大剌剌的男生，从西门町最有名的面线店买来的，骑着摩托车穿过半座城市，放在我的面前，还热腾腾的，学生鼓噪着："趁热吃啊。"

他们也许不了解我的想念，却以行动显示了另一种安慰。我掀开盖子，熟悉的、潜伏在岁月里的气味迅速弥漫，忽然，我的视线模糊了，泪水涌了出来。

葡式蛋挞是怎么流行起来的，又是怎么在城市里绝迹的呢？许多人可能只把它当成流行，所有潮流不都是这样倏忽而来，又倏忽而去的吗？

对我来说，这却是一段难忘的历程。最初是在旅游杂志上看见，澳门的撞奶和葡式蛋挞都是不能错过的美食。那是我刚到香港任教的夏天，几个朋友来探望我，我在新搬进去的公寓里，摆设好新买的家私，玻璃圆餐桌上，总插上几株新鲜的花。我买了船票去澳门，正值秋老虎的天气，下船之后搭车，然后再转车，烈日当头猛烤，使人怠惰起来，最好找个有冷气的地方，就这样等到太阳下山。可是，好奇催促着我们必须上路。我们在缓缓前行的车上晃荡着，收音机里正在插播新闻，好像是什么人发生车祸死去了。从车内乘客震惊的表情来看，我知道必然是个名人，好像还是个女人，可惜，我的广东话太差，不能一探究竟。

狐疑的情绪很快就忘却了，我们有更重要的任务——寻找圆环边的蛋挞店。一会儿看见了海，一会儿海又不见了，愈走愈僻静，心里愈不踏实，所幸，传说中的圆环和蛋挞店出现了。小小的店面在树林间，奶油烘焙的香味便是其特色的“商标”，围绕在店前的洋人说明了它的美味。我们等了十几分钟，才买到刚出炉的蛋挞，坐在树下木椅上，一口一口细细品尝，我们都安静下来，这时刻的言语仿佛是一种多余。不知从哪里吹来的凉风，还带着海洋的味道。我觉得自在幸福，一个三十六岁的女子，我经历过许多快乐，也免不了惆怅的悲伤，而如今，我选择了自己的工作与生活方式，选择在一个异乡的午后，享用一个美味点心。

那天回家后，朋友将蛋挞放进烤箱温热，准备作为消夜，台湾的朋友打电话来，告诉我们轰动全世界的新闻，戴安娜王妃在巴黎因车祸过世了。原来，在我们寻访蛋挞的旅程中，播报的就是这一则不幸事件。我终究没有吃烤箱里的蛋挞，与我同年的那个美丽而又传奇的女子，就在几乎可以捉住自己幸福的那一刻，失去了一切。原来，可以选择是这样的幸运，有很重要的一部分是，命运呢，其实不能自主。

那年冬天，葡式蛋挞店在尖沙咀开了分店，我兴奋地写信告诉朋友们，再想吃蛋挞不用去澳门了。我仍爱吃蛋挞，连蛋挞铺子前排的长长人龙都喜欢，就因为这么多人排队，所以买到的一定是刚出炉的热蛋挞。有一次和朋友约在蛋挞店见面，以热蛋挞作为午餐，我拿起一枚咬了一大口，眼泪立即流了出来，朋友相当感动，以为是我对美食的赞叹。殊不知滚烫的蛋蓉粘在我的上腭，烫出一个大水泡，水泡的面积与我的贪心比例相同。将近一个礼拜的时间，因为水泡的缘故，我不能正常进食。快要离开香港的时候，在我居处附近的沙田，也开了一家蛋挞店，店员一律穿着蛋挞 T 恤，愈来愈见规模，我经过的时候想着，会不会成为百年老店呢？从二十世纪末到二十一世纪末。

刚回台湾就发现蛋挞店的踪迹，一家接一家，也是要大排长龙的，或者可以预约，只是要三个月之后才可以取货。蛋挞店愈开愈多，甚至传出暴力事件，简直就是愈演愈烈。我听着朋友买不到蛋挞的抱怨和悲情，忽然感觉荒谬，不过就是蛋挞嘛。约莫三个月之后，蛋挞店前的人龙不见了，然后，经过蛋挞店便听见店员嘶哑地喊："来哟，大减价，好吃的蛋挞！"我和其他的路人一样，漠然地经过，走开。再过三个月，蛋挞店就像分隔岛上的花一样，被换得干干净净，一点也不残留。

后来，去香港旅行，特意重回尖沙咀，蛋挞店门前也是门可罗雀，我买了一个蛋挞，是冷的，少了香醇的滋味，我忽然想念起人龙，想念起令我落泪、将我灼伤的热蛋挞。一九九九年岁末，收到朋友的来信：

开在尖沙咀的 HMV 唱片及麦当劳旁的那间安德鲁蛋挞跟台北的店一样也关掉了，好难过，一切又回到了原点了，想吃只好去澳门了。

曾经以为可以流传百年的美味铺子，原来只有短短的两年。我并没有特别难过，只是忍不住叹息，许多事，我们以为可以天长地久的，都是这样吧。其实，我很愿意再度去澳门寻找那个小小的店铺，我想念树林里的微风，我想念当时的自己。

美丽的忌讳

愈长大，忌讳愈多。不要送伞，不要送手帕，不要分梨吃……突然间，在十年以后的这一刻，我才了解，当年，父亲亲手锯掉桑树的心情。

小时候，家里有一方小庭院。父亲栽种了葡萄、桂花、石榴、龙柏和一些其他的花草。

葡萄成熟时，左邻右舍都能感染到丰收的喜悦。葡萄或许不够甜、不够大，却是在我们殷殷期待的目光中长成的。有时，甚至刚搏抗过一次强劲的台风浩劫。

桂花总是开得特别好，把秋天装点得香郁郁的。母亲仔细地收集那些细小的花朵，用糖渍在玻璃瓶里，烘焙甜点，增加了一味配料。吃花呢！童稚的心灵，无端地生出神妙的情绪。

石榴更是最深切的盼望，每当开花结果，孩子们齐聚树旁，赞叹不已。想来，“拜倒石榴裙下”的痴狂，莫过于此了。好不容易等到红透的石榴果龇牙咧嘴，迸裂开来，每每引发一阵欢呼。石榴其实并不好吃，酸涩胜于微甜。然而，常见满树石榴花，只结成一颗石榴果。这段成长，不容易。

龙柏本来只是一株幼树。那年，母亲请了隔邻对门的父母和孩子齐聚一堂，将栽在盆中的小树布置成美丽的圣诞树。幼小的我们在树旁唱着、跳着，又吃又喝，还不忘忙着拆自己的礼物，以及看别人得到的东西。这不是银色圣诞，却是色彩缤纷的。后来，小树移植到院中，总觉得它像一则童话，郁郁葱葱地壮硕起来。

然后，舅舅从台中带来一截幼弱的桑树，插在庭院的墙角上。孩子们奔走相告，说是蚕宝宝吃的桑叶呢！虽然只有两三片叶子，不免令人失望，但我仍以最快速度向同学领养了几只蚕宝宝，小学里正流行饲养这种宠物。蚕食桑叶的速度是很快的，不到两天，我便面临了失去蚕宝宝或失去桑树的抉择。桑树既然是众望所归，当然继续在庭中迎风招展了。

桑叶长得和墙头一般高，便产生了变化，枝叶间长出一些浅青苹色、毛茸茸的、似花非花的东西。快要结桑葚了！要不了两天，全村的孩子都得到这个信息。

桑叶长得浓密，桑葚结得硕大。城里的孩子难得看到果实累累的桑树，不仅结伴来观赏，还要动手采摘。这是给蚕吃的，这是给人吃的。一时之间，人多手杂，折茎断枝，撼干摇根，全然不见“爰求柔桑，春日迟迟”的古诗情味。年仅三四岁的桑树伤痕累累，垂头丧气。于是，我们知道，它是不适合这种热情洋溢的观赏方式的。于是，我在闲暇时，承担起看守者的责任。

偶尔，高大的桑树无风而动。若是动得轻微，当它有风吹过也就罢了。动得太厉害时，我便打开纱门，发出声音。同时，有重物落地，一阵脚步声快速远逸。

直到从我家截去的桑枝纷纷在别的庭院中长大，这种骚扰的情况才得以改善。桑树长得更好，与我们的感情更深。

在初三那年，家中的一切陷入低潮。常年以育婴为副业的母亲身体虚弱，一出门就头晕。父亲不知怎的扭伤肩臂，行动不便。弟弟在学校和同学游戏，被人弄折了手臂。成绩一向不理想的我，则在联考报名前夕，做了个重要决定：让学生生涯就此结束。父母买了新房子，临要付款，却卖不掉旧房子。从不求人的父母，陷入孤立无援的状态，夜夜失眠，心力交瘁。

“前不栽桑，后不种柳”，父母亲在家乡听过这样的俗谚。

人在自己的力量无法去凭恃时，特别敬畏天命。

只因搬迁，竟然要锯掉我们的桑树！多荒谬啊！

因为父亲心情焦虑烦闷，我们不敢和他争辩。只是觉得不甘。这树是他亲手栽种、施肥、浇水、修剪，多少次风雨中将它捆牢，恐怕伤它一枝一叶。而父亲，怎么能够？怎么舍得？看着他的桑树一寸一寸地倾斜，终于轰然一声，颓倒在他脚畔。

我们远远地看着，不去帮忙，也算是一种抗议。

父亲驮起它粗壮的枝干出门去，枝叶拖在地上，发出沙沙的声响。邻舍的大人孩子一旁围观，一面纷纷地议论。我缓缓跟在后面，看见树上残余的桑葚，因为拖拉而碾破，在地上留下一道紫红色的长长渍迹。我站住，悄悄地擦干眼泪。

我们终究渡过了那个困境，一段不堪回首的记忆，如今时时提起，唯独略过砍桑那一段。新房子是公寓，阳台上和楼顶也栽种了一些花草。但，石榴与桂花恐其不胜迁移，没有带过来，基于环境的限制，也不可能种植葡萄与柏树。童年岁月已走得很远很远了。

桑树，更没有人愿意提起。

我几乎忘了初三那年的重大决定，五专毕业后，插班大学，接着，攻读研究所。

各类古籍不断探索，同时，年轻女孩子特有的对美的追求与感应，也不曾间断。一些精巧别致的小饰物，“充耳琇莹，会弁如星”，两千年前的古人就这样注重修饰，为什么念古书的女子不能“巧笑倩兮，美目盼兮”呢?

去年，同窗的女孩买了一条色彩鲜艳、款式别致的腰带。纤腰一系，行动摇曳，真是妩媚动人。然而，在赞美声中，女孩突然惊惶地解下腰带，从此不再系用。原来，在那些缤纷的丝带中，竟有两根细麻绳穿梭其中，本意大概是要增加几许质朴感吧。我们再没见过那条腰带，她的心情，我们却明了。

古时候的中国人，唯有在跪地泣血、心肝俱残的那个时刻，才将麻衣穿戴在身上。

时代确实改变了，有些事，却是我们知道的、记得的，并固执地忌讳着。

这两年的夏天，用细麻绳编织的宽腰带成为最出色、抢眼的饰物，却总令我触目惊心，不合时宜地心焦。

“真是荒谬！”有个人不以为然。念书念到后来，都不要过日子了。

只有小时候才百无禁忌。愈长大，忌讳愈多。不要送伞，不要送手帕，不要分梨吃……其实，与念不念书无关的！突然间，在十年以后的这一刻，我才了解，当年，父亲亲手锯掉桑树的心情。

多年后的今天，我仍记得孤独地驮着桑树、蹒跚的背影，我仍想掉泪，为的却是父亲的无可奈何、不为儿女理解的心情。也许，应该找个机会，向父亲说出感谢。倒不是为了桑树，而是他二十几年来，奋力与外界抗争，将我们保护得周全。

十年，其实不长，却也不短。我终于在自己的忌讳中，了解了父亲的忌讳。

凡有忌讳，心中必蓄着爱惜与深情。对自己所拥有的一切，依依恋恋，恐怕失去。而在其中，我们或许不知不觉地习得谦卑、温柔与敦厚。它有时完全不合逻辑，却深具保护作用，在我们最脆弱的时候。

谁能说，忌讳的心情，不是美丽的？

棉花糖的保存秘术

如果，我们可以找到一种方法，长久保存我们的幸福与美好感受，就像能够长久保存棉花糖，让它蓬松、甜蜜、有光泽。如果，我们可以。

小时候最喜欢和父母去动物园游玩，那时坐落在圆山的动物园很狭仄，每种动物都被囚在笼中，郁闷地发着恶臭。我到那儿去最主要的原因是那里总有卖棉花糖的小贩，推着脚踏车载着简易的制糖机，往孩子聚集的地方来。我喜欢看他制作棉花糖的过程，先将粗粒蔗糖倒进去加热，不久就可以闻到馨甜温暖的焦糖气味，那被我解释成一种幸福的气味，每一次嗅到便觉面颊微酸，有欲泪的意想。接着，神奇的事发生了，被烘热的糖变成一片片薄纱似的从机器里飞出来，小贩取来一支细木条，将它们一层一层包裹起来，成了一大球雪白的、蓬蓬的、飘着香气的棉花糖。

永远不会忘记第一次啃食棉花糖的经验，我的整张脸埋进去，用力咬一大口，棉花糖迅速在嘴里融化成些微糖霜，惊异中一咽口水，吞下去了，就这样，没有了。我感觉到惆怅，盯着期盼好久的棉花糖，原来是这样的，好像还不如冰糖呢。那时同学教我把冰糖含在嘴里吃，咯啦咯啦，一块冰糖有时可以吃一个上午。也有同学请我吃方糖，含在嘴里真是甜得头皮都要飞走了。

第一次的惆怅并没能使我失望，我仍是棉花糖的拥护者，有时突发奇想，不如就这么擎着不吃，欣赏它的形状与气味也是好的。然而，我的如意算盘很快被打破了，风吹与日晒一点点侵蚀了它，它萎缩变形了，蜷成一堆并流下黏黏的糖汁，终究是被送进垃圾桶的命运。

长大以后，有一次和朋友谈起刚刚结束的恋情，曾经期盼了那样久，曾经以为是天造地设的契合，曾经以为再不会有别的爱能爱得那样深而细致，却仍是结束了，仍是过去了。朋友了解地笑起来说："是啊，不就像棉花糖一样嘛！"

就像棉花糖一样。对于棉花糖的企盼和迷恋，大约是每个人童年时共有的经验吧，那样憧憬，那样失落。

长大以后，我们仍在人世间寻找自己的棉花糖，一种对于理想生活的想象。我们的心曾是粗颗粒的蔗糖，未经雕琢烘焙的时候，既没有气味也没有形状。然后，因为某个人或某件事的触动，我们被热力煎熬，既喜悦又伤痛，但是很甘愿。我们甘愿改变形状了，一种更轻盈的、接近于飞翔的形状。为了能被接受，我们也甘愿被拘管起来，成为一种固定的形状，就像棉花糖。但接近我们想接近的人或情感的时候，便会感觉到一切并不如想象，其实有太多艰难和辛苦。我们擎着一支变形的棉花糖，既不忍丢弃，也不想品尝。

许多人在这样的过程里全盘否定了棉花糖和幸福，认为它们不过是梦幻虚构的东西，一点都不真实。而我质疑的是，真实的世界里难道容不下甜蜜浪漫的梦想吗？我知道棉花糖会令人失落，但假若我获得了制造棉花糖的方法呢？

我并没有保存棉花糖的秘术，可是我知道如何在旧梦醒来以后，再追寻新的幸福与美好。

无尽的收藏

其实，每个人都有百宝箱，可以无限制地膨胀，滤过怨尤、绝望、惆怅，把值得记忆的，一桩桩、一件件，仔细收藏，成就一世的无悔。

怒沉百宝箱

曾有一只百宝箱在风雪冰封的冬季，沉入幽黑江底。瑶簪宝珥、翠羽明珰、夜明珠、祖母绿、难以计价的玉箫金管，作为倾城名花的陪葬。

故事的开始，是个名唤十娘的教坊女子，错堕风尘，直到遇见一位多情公子，才协力筹款，逃出火坑。原以为自此幸福顺遂，谁知道携手返乡的途中，怯弱的公子禁不住引诱，将十娘转卖一名商人，换取些微钱财。只因为公子并不知道，身边娇娥带着一个无价之宝的百宝箱。那公子既是眼内无珠，自然不能辨识匣中美玉。

于是，当十娘决绝地站在船头，怀抱百宝箱，连同自己，投入滔滔白浪的江心时，那姿态如凌厉宝剑，越过数百年时空，直穿刺我的脊梁，真正的惊悚战栗，不能自已。十娘，这最富有的女子，为什么拼尽心力博取，到头来却是彻底的绝望与自残？当年，十娘殉身前的叹息，如今，在我齿间悠长舒散。

自那时节便知道，十娘抛弃的百宝箱，我也不要。至于她始终求不得的，就得看各人的福分造化了。

绛珠草

灵河岸上三生石畔有棵绛珠仙草，十分娇娜可爱，因得甘露灌溉，又受天地精华，遂脱草木之胎，幻化人形，修成女体。

年少时候，最深的疑虑，是自己过分敏感多愁的心绪，控制不住地伤春悲秋。

学校放假，送同学搭车返乡，车还未开动，泪水早滚过面颊，拭也来不及；好友生病，独卧宿舍里，走长长的路，前去探望，才见憔悴寂寥情状，便唏嘘起来；同窗失恋了，如平地雷响，准备好许多安慰的话要说，还没开口，先哽咽失声。

周围的人倒都能体谅，只说是孩子气，长大了便好。十六岁生日那天，收到的礼物中，有一本《红楼梦》。我那爱穿紧身牛仔裤的朋友，嘻嘻笑地递给我。“真受不了。”她说，“你看看这本书，竟然有人跟你一样爱哭呀！”

不经意地掀开扉页，红杏雨、绿杨烟，我走进良辰美景，深深的大观园。我走着，有时想召她同行，她凑近看看，便又走开。流行的舞步、旋转的灯光，才是她的世界，但她必须要确定，在我的天地里，我是安好的。

不管如何，我真的在大观园中迷了好几载，找不着出路，仿佛也不想离开。五专毕业后，她不断徘徊在求职与失业之间，无意中指引大观园门给我的事，早成为最不重要的一桩。我的日子如同历险般，也风尘仆仆，走过一程又一程。曾经颦蹙便像要哭泣的眉目，如今成为强硬的线条。人前落泪，有所不甘；背人暗垂，似乎不必；事情来临时候感伤，已于事无补。我的眼泪，逐渐珍贵了。

许多年来，断断续续，始终保持联络，谁也不愿断绝。在她积累的生活经验里，挫折沮丧占了过重的比例。有时我也怀疑，这里怎么容不下一个没有企图心的女孩、一个以为世界很完美的女孩、一个学不会自卫的女孩？或许是的。一个复杂的人，在简单的地方，可以惬意生活。当我想起她，便多么希望，世界的某个角落，有一个真实的桃花源。

有人告诉她，她竟然也相信，太平洋的另一边，一切可以重新编排，梦想可以成真。花费了许多时间精力，终于在这个冬天，完成学校申请与留学手续后，高涨的欢欣情绪逐渐降落冷却。离别的时刻愈来愈近，此刻挥别，是否还能相遇，谁也不敢说。电话里，她的声音是从未有过的彷徨无依："现在才想到，我最怕考试的……"

那些同窗的岁月里，每次考试前，我总在图书馆某个角落，等她匆匆忙忙，睡眼惺忪，寻访而来。照例愁眉苦脸地求教，我照例把重点要则讲给她听，盯着她一个字一个字强记下来。

"从今以后，考试的时候，我到哪里去找你？就是喊破喉咙，你也不能来救我了。"

顺着弯曲细长的电话线，溯回十年前，纤弱善感、不舍又好哭的自己，泪，从干涸的眼中涌出，怎么也抑制不住。

"瞧你……"那头的笑声带着浓浓鼻音，"还是和以前一样。"

即使像以前一样，又当如何？已经流逝的，怎么都不能挽回了。

已经流逝的，其实也不需要挽回，在每个自省的刹那，都有着无以名状的感激。

凡在我生命中经过的，几乎都以温柔为甘露，怜惜地灌溉，成就我今日的亭亭。那些光辉的泪花，原是为了报偿千丝万缕的深情。

一株娇养在十丈红尘的绛珠草。

金步摇

梳妆台的角落，有一只黑色描金匣，曾是惯常把玩的，如今久不触碰，竟落了薄薄尘埃。虽然久不开启，却清楚记得，匣底铺了层雪样棉花，莲蓬松松，躺着几支钗。安适地、长久地。

金簪雪里埋。

那年初将及耳发丝蓄长，胡乱找来各色饰品，迫不及待要展现所有青春。然后有一天，行过光亮橱窗，被一支精巧美丽的发钗深深吸引。店员小姐和气地为我绾起长发，斜斜地簪上那支金步摇。镜里容颜黄澄澄，反映出古早铜镜的奇异辉煌。我与陌生的自己对望，顿觉恍惚怔忡。蓦地，浓密长发崩落双肩，金步摇滚滑下地，停在我的脚边。

我盯着，知道那恐怕将成为日思夜想的钟情。

同时也清楚，那价格远远超过我所能负担的。可是，如同一股无怨相思，我认真地一点一滴积攒零钱，先是放弃了蜜豆冰，然后是零食，最后是电影。每次逛街，定要拉着友伴去看，仿佛那已经是我的，只不过借给他们展示。一切都是那么笃定，理所当然。

然而那一天终于来了。我惊惶地奔进去，向店员小姐询问。“卖掉啦！”她说，“十分确定。”不过是两个月或三个月的事。

同伴的声调压低了，显得格外温柔：“其他的样子也不错呀！”我的悲伤，不只因为失去心爱的东西，更为了积存的钱还不到三分之一，分明就是遥不可及，竟以为唾手可得！怎么会这样痴心妄想？我为自己的愚钝感到深深羞赧。

尽管，陆续地，总有人告诉我，某条街道有支特殊的金步摇，鹅黄、鸭绿、紫艳、浮金……我一概微微笑着聆听，并没有真正被打动。这样怅然若失的情绪，始终持续，直到春暖花开的三月天。

我兴奋而迟疑地拆开陈列在面前的礼物，一支、一支又一支……我的朋友们四处搜寻独一无二的金步摇。那流苏、那宝络、那玛瑙、那翠玉，乍然相遇，在我眼前全幻化为金碧鲜亮的光华，莹莹闪耀。原来，这些才真正属于我，自今而后，千金不换。

一年年，头发长了又剪短，炎热的暑假，一鼓作气剪成既薄又短的发式，把积存多时的发夹都送了人，唯独留下那几支发钗。

前几年，在舞台上扮演古典女子，云肩、水袖，斜斜簪上我的金步摇，扮出一个梅妆莲步的窈窕女。后来，远离舞台，那些发钗仿佛永远也用不着。

于是，它们便静静等在那儿，守着回忆，记着感激。

永不止息的收藏

我有一只百宝箱，永远不会失窃，可以蕴藏无数珍宝，把玩检视这些宝贝，使我从不曾有真正寂寞的伤感。

但这些收藏，对旁人来说，可能毫无意义，欢乐的相聚、悸动的刹那，却丰富了我平凡的生命。我的百宝箱，是个最坚韧的地方，也是最温柔的。曾经，为了试探深浅有无，被人有意无意地击破了，碎成片片，索性修补完整。经历岁月离合，兀自温热，柔情万缕千丝，如五色花纹，交相缠护。

其实，每个人都有百宝箱，可以无限制地膨胀，滤过怨尤、绝望、惆怅，把值得记忆的，一桩桩、一件件，仔细收藏，成就一世的无悔。

拥有这样一颗心，应该是富有的吧！杜十娘痴执以求的，大概就是这样一只百宝箱。

等 待 的 心 情

等待是一种心情，有的时候美丽。

五月到大甲去，赶赴一场妈祖回宫的盛会，那是个陌生的乡镇，却住着亲如手足的好友。我比妈祖早一天到大甲，站在空荡的月台上，有着不知去向的彷徨……突然，我听见呼唤，远处的栏栅外，有个跳动摇摆的身形，一束鲜亮的花，跃过栏栅，包装的透明纸灿灿闪光，我又笑又叫地拔足狂奔，等不及验票过关，便紧紧拥抱，一下子把两份等待抱个满怀。

第二天，随妈祖到大甲的人更多，月台上密密麻麻，男女老幼淳朴虔诚的面孔，全笼在氤氲香烟里。我们捧着昨天那束花，竭力在人群中搜索一张熟悉的面孔，有太多不相干的人从我们眼前和身边走过。不知是时间的经过，或是心跳的剧烈，我竟然听见沉重的撞击声，她究竟来了没有？她赶上这班车了没有？她会不会睡着了不知到站下车？她会不会……终于，在那些纷杂的面孔中，我看见一张素白的容颜，一双特别晶亮的眼眸。递花给她的时候，止不住地轻颤。我不知道别人的等待是怎么样的，对我而言却是心力交瘁，然而，今年五月，月台上的等待，竟成最美好的回忆。

小时候，父母是绝对不放心我单独出门的，渐渐长大后，我便要求有自己的朋友，有自己的娱乐，可以自己单独出门。起初，朋友们对我不管到哪里都打电话回家的怪异行为感到费解，我也觉得不耐烦，但这毕竟成了生活中的习惯，没有道理可讲。近两年来，因为上课或排戏，常耽搁到夜晚十点钟以后才回家。那些有风雨的寒夜冷晚，父亲或母亲便站在靠近站牌的廊下，默默等待。大学即将毕业那年，我尝试着编导一出舞台剧，在学校的舞台上，总是挺直背脊，冷静调度，隐忍一切刁难挫折，坚强得令人佩服。可是，每夜搭车回家，车子颠簸着，离家愈近，愈觉得脆弱可怜。那次赶搭末班车回木栅，冬夜的微雨街头，只有我撑伞的母亲，店铺早关上了门，银白色的路灯凄清地亮着。

我从来没有那样真切地感受到，被人恒久等待是最可贵的幸福。

岁月冲淡一切，我已无法追想。当年，我第一次载欣载奔地单独出门，父母的神情是怎样凝重，当他们在我身后掩门之时，只怕有份壮烈的心情吧！这手心中捧爱着的女儿，像只脱笼的雀儿一般飞走了，而外面的天空，不见得时时风和日丽的呀！

弟弟便有一股男孩的豪气和洒脱，他每回出门，是绝不耐烦打电话回家报平安的，那太婆婆妈妈了。

“反正我一定平安的！”他总是这样说。

偶尔一次，我出门没打电话回家，夜里回来，家人都在厅中等待。首先发难、大发怨词的竟是弟弟，看他又气又急，我不免来个机会教育：“你现在终于知道，家里等得多着急了吧？”

“我和你不一样啊！”弟弟凡事都要争个理直气壮，“我是男生！”

我不再说什么，无论儿子、女儿，其实都是学飞的雀儿。他终有一天会明白。

与人约会，迟到或早到三五分钟，原是常事，去会一个朋友，因为迟到一两分钟而闹得不愉快。我口干舌燥地辩解自己迟到的原因，她只寒着脸不接受。

后来她告诉我，她与人约会是绝不迟到的。

“假如，你把那个人和那件事放在心上，怎么会赶不上呢？”

从那以后，与人约会，我便尽一切可能及时赶到，既然有缘为友，就一定是放在心上的。

在人多的地方等人，特别焦虑难挨，我不是个出色的女子，熙来攘往的人群，有意无意的注目，直令我手足无措、心慌意乱。那天下午，在电影街空等了半个小时，当我拨通电话找到对方时，整个人几乎委顿，结果是时间弄错了，在当时，我只想回家。

“你等着，我马上就来。”对方说。

“我不要等了，我不要等，我要回家！”

我只重复着不要等，不要等，而突然发现等待是可以摧心折肺的，对方软语商量，要在我搭车回家经过的站牌下等我。我说我不会去，那人说一定等。

我挂上电话，走了几步便心软了，等待是最磨人的一种心情啊，我知道的。

有一次在公馆服装店前等两个迟到的女孩，我站着，把自己想成一株树，偶尔有风掠过裙角，我想，是树叶在风中摇动哪！有一群女孩从我身边走过，打了个照面，她们突然惊惶地尖声大叫，像看见极可怕的东西。我也吓了一跳，等待把我变得狰狞恐怖还是苍老丑陋？

“我以为她是个假人……”一个女孩小声地说。

“我也是。”另两个说着，带笑偷偷看着我。

我轻轻移动身子，望向别的地方。

感谢天，只是这样。

我所等待的女孩依然没有来，我却想到“望夫石”的传说而猛地相信：等待，可以让人变为没有感情、没有思想、没有温度的石头。

在大甲，我见到一座保存极完整的贞节牌坊，终究也是一块石头啊。不是吗？

因此，读到王宝钏苦守寒窑十八年，总是不忍。尤其她那衣锦荣归的夫君，一段自以为风流的“戏妻”，试炼妻子的贞节，简直令人切齿。少年时代，我觉得不公平，那样可恶的男人，该让他吃点苦头。如今，却逐渐能够明白宝钏的心情，一海之隔，有多少宝钏，只要能盼回夫君，不管是一个十八年，还是两个十八年……中国女子，原来是擅长等待的。

她们即使再平凡，在我眼中，都是值得树碑立传的。

年龄愈大，读书愈多，愈无法轻松自在地过日子。有时候，不免怀念年少时的无忧岁月。

十几岁的时候，过着没有升学压力的五专生活，我迷上了黄梅调。《江山美人》《梁山伯与祝英台》《秦香莲》《红楼梦》……

这些唱词和对白都在我的脑海中。所以，我从来不怕等车无聊。站在车牌下，悠闲地在心中唱起山伯与英台的“草桥结拜”“十八相送”。接着，又唱起《红楼梦》中“读西厢”，宝玉是多么热切而艰辛地向黛玉诉说心中情意啊。而大观园一阵风起，落英缤纷，声声凄楚的《葬花词》，背着花锄花帚的黛玉，正转过假山，款摆而来。我等的公车也转过街角，隆隆来到面前。

这种等待，不是美丽的吗？

只是，等待并不都是这样的。等待令人烦躁，令人担忧，更有许多“等不及”了的遗憾。

我一直避免让人等待，却免不了等待别人。

既然，我们一定要等待，那么，是不是可以，尽量地让等待成为一种，一种美丽的心情。

发结蝴蝶

听见剪刀响起来的声音，蓦地感觉心慌。拿着黑亮柔软的那只发辫回家，清楚地知道，我的童年，就这样结束了。一股难喻的惆怅，糅在暮色里，层层加深。

直到现在，年纪渐往三十上数了，看见骑单车、放风筝，或一群追跑而过的孩子，听见笑声如风，掠过耳畔，那样悦耳、熟悉，总令我不禁怦然心动，以为会与童稚的自己相遇。

一旦相遇，我会问扎着麻花辫的小女孩：你开心吗？

有时候，是不开心的。当墙外传来同伴的嬉戏声，我却必须端坐，让母亲将两条毛茸茸的辫子梳得光洁。多么焦急啊！就像纱门外，扑扇着翅膀的紫色粉蝶儿。仪容整齐才可以出门是母亲的规矩，因此，我们母女二人，常要花费许多时间梳理那头秀发。打出生起，从未剃过的胎毛，特别细软柔弱，我无法明白母亲是怎样仔细避免弄疼她的小女儿，只因颈部僵硬而觉厌烦。也无法了解，在短绌的经济情况下，母亲努力使孩子干干净净地站在人前，为的是教导我们自尊自重。

挨到辫子编好，我跳起身子，推开纱门，直奔出去。有时与蝴蝶翩翩错身，也不觉得稀奇。

小时候，没有蝴蝶馆、蝴蝶谷一类的名词。蝴蝶是邻居，住在我家小庭院，住在路旁的草堆中，住在学校的秋千架。特别的季节里，巴掌大的凤蝶，色彩绚丽，成双成对地从窗边飞过。有时，不经意地飞进教室，令孩子们兴奋而屏息。在流泻的阳光、迷漫的花香中，老师打开另一边窗户，让它们离开。这样奇妙的"经过"，在孩子的瞳中焕发光彩。

不上课的时候，看到凤蝶，定要追跑一场，口里还嚷嚷着："梁山伯啊！祝英台！"却没想到，奔跑跳跃，飘起的短裙也像彩翼，辫梢的花结正如展翅的蝴蝶。

曾迷信一则传说：把圣诞红的花瓣夹起来，到了春天，便蜕变为蝶。有好一阵子，课本里夹满花瓣，悄悄地看着它的色彩由红到黑。而我并不贪心，只等待一只蝴蝶。也没有完全失望，打开课本，果然见到彩蝶诞生，翩然飞起，尽管那只是一场蝴蝶梦，却美丽得令人感激。

被蝶蛊惑的日子，出了一次意外。那是在五岁时的夏日午后，雨刚停歇，我沿着一条脏臭的水沟去幼儿园。水沟约莫一米宽，雨后便涨起来，时常漂浮着残肴或家禽家畜的尸体。我每次都保持着适当距离通过，因它令我想到死亡。那天，出神地追一只鲜黄色蝴蝶跑着，离沟愈来愈近，愈来愈近，终于，扑通！栽进沟里！那水沟的深度嘛，恰巧足够淹死一个五岁小女孩。

泡在冰凉的水中，紧抓着沟边缘，我放声喊救命。第一次体会到无助与绝望。

记不得是什么人把我拉上来的，好像是个年轻男子，他说："赶快回家去！小妹妹！"我是要回家，却走不快。雨鞋里装满了水，不仅沉重，还会叽里咕噜响个不停。走着走着，开始伤心地哭泣，因为发现方才差点儿死去。

对水的恐惧，直到今日。只是谈起那次浩劫，已转变了心情。据说，李白捉月下了水，那样风流倜傥的人物尚且这样，如此说来，捕蝶下水，也可视为韵事一桩了。

刚进小学，常和母亲闹："为什么要上一年级！我不要！我不要去学校，都没有点心吃。"最后一句话，虽然说得小声，不免令做父母的脸上无光。然而，五岁半入小学，众人都很能体谅我的年幼无知。

只是，有时年幼无知得太过分，我会做出老师没交代的功课，或者，干脆把别人的作业簿带回家，自己的却不知去向。为了应付我，上课是老师的头痛时间。我也有头痛时间，那是在下课之后，顽皮的男生扯住我的辫子当成缰绳，使劲猛拉，令我突然后仰，因拉扯与疼痛而摔倒。其他的女生用板擦儿击退男生，扶我起来。每次都以为自己会哭起来，结果总是没有。强烈的愤怒掩盖了自怜，我真恨那些坏男生，更恨自己与众不同的辫子。

这样的恶作剧，断续地发生了好几年，母亲不得不在我的发式上变花样。纱巾、缎带和绒线，为我织就公主般的梦境。辫子垂在腰际，羡慕及赞美，使我不再怯弱自卑。

轻狂终究是要改变的，在一次不经意的巧合下，我转头时，发辫打在一个男生脸上，他惊愕地捂脸喊疼。长久以来的郁结得到了舒解，我的“辫子功”远近驰名，便开始与男生展开对抗。

数不清有多少次大小冲突，最严重的一次，是把石膏粉调在水桶中，白糊糊的一桶，对准某个男生兜头浇下。男生当场哭起来，我们全都傻了，以为他会像石膏像一样僵在走廊上。片刻之后，他跳起身子，号叫着：“我要告老师！我要告老师！”乒乒乓乓地跑下楼去了。

那段日子真不好过，好似小辫子被人捏在手中，提心吊胆的。我们怎么也猜不透，受害者到底“告”老师了没有，不小心眼光相遇，便心虚得厉害，其实，他并不是最坏的男生。因歉疚与愧悔，使我剑拔弩张的心性收敛了许多。

而眷念村中孩子间的游戏，让我更像个女孩。

扮家家酒，捡拾各种叶片花草，洗洗切切，炖煮炒煎，仿佛永远也不厌烦。那时，十分甘愿地守住灶旁的方寸地方，等待小男生背着剑从远处来，采一把松针当面线。

结束以后，一同到村外清澈的河沟，捧个小桶，盛装男生抓到的大肚鱼和小蝌蚪。青蛙的成长过程，绝不是在课本上学习的，而是在那片广阔的自然教室。

逐渐地，女孩们不耐守着花花叶叶、锅碗盘盆。父母为我们买来溜冰鞋，还没练好呢，接着又是呼啦圈，腰上还挂不住，却又来了乐乐球、迷你高跷……就在家门口，父母子女举家同乐，扬起的笑声，成为黄昏中温馨的回忆。

尤其是练脚踏车这件事，最能看出邻里间情感的深厚。大人们只要看见孩子费力地跨上车，总要帮着推上一程，不管那是谁家的孩子。当其他的孩子都能骑在车上，呼啸而过，我仍在观望阶段。在人前露出不在意的神情，四下无人之际，不免跃跃欲试。某个下午，邻家的年轻妈妈，嗓门响亮地要替我推车。

在她的鼓励下，我骑了一段路，非常稳当，几乎要欢呼。突然听见那妈妈的鼓掌喝彩，在我身后，距离很远的地方。很远？我回转头，才发现她早松了手……就在同时，人仰车翻，前功尽弃。

在愈摔愈勇的苦练下，我终于成为一个优良驾驶者，肇事率一向都是零。女生们都喜欢坐在后座，由我载着在村子里兜风，最后，还是出事了！那天，载了个同伴，骑到人烟稀少的村边，同行还有两三辆车。到了该转弯的地方，晃出个小孩儿，我大声叫后座跳车，一边扳住刹车。后座的重量猛地消除，就在哗然而起的惊叫声中，车子像箭一样，加速撞向墙壁。

我趴在地面上，好一会儿都不能思想，只看见许多光点，忙碌地跑来跑去，并纷纷掉落……真是惨痛经历，既惨且痛。

唯一引以为豪的，是在那“性命攸关”的一瞬间，竟能镇定地指挥同伴脱险，足见我是有些意烈古风的。同时，长大以后，迷糊、懵懂加上转不过的脑筋，又常怀疑地想起那次撞墙事件，不由自主地。

小学的最后一个暑假，亲朋好友都把眼光放在我的身上，不！是放在我的长发上。中学注册时，母亲耗用更多时间为我梳理。若干年来，洗发吹风则是父亲的工作，那必须要有耐心。不知道他们是否已觉疲惫，我是早就已经不耐烦了。

剪发之前，同伴们都预测我将流多少泪，并且说他们同学会在剪发时如何伤心地哭泣。但，这些都影响不了我，我有自己的想法。剪去长发，对我有个不凡的意义：小女孩长大了！不是值得欢庆的吗？

坐在理发店，还向一旁看热闹的同伴眨眼睛。当所有的头发裹在泡沫中，并拢在头顶上，看着镜中的自己，突然想起过往的几个夏日。炎热的黄昏，沐浴以后，母亲将我的发盘成髻，固定在头顶上，露出光洁的额头，天生不必装点的一双凤眼，大而明澈，扎不住的发挂垂颈上。武侠片正风行时，邻家的爷爷奶奶，总说我像那个可以飞起来的侠女。

听到响起来的声音，蓦地感觉心慌。理发师笑盈盈地把剪下的辫子举起来给我看，我勉强牵扯嘴角，一点也不开心，倒是脑后轻松多了。

拿着黑亮柔软的那截发辫回家，清楚地知道，我的童年，就这样结束了。一股难喻的惆怅，糅在暮色里，层层加深。

搬离村子好些年了，偶尔经过，才发现昔时觉得无限宽敞的广场、草地，其实只是那样狭隘的空间。可是，仍是独一无二、不可取代的，因它曾容纳色彩缤纷的孩提梦想。

有风的季节，便想起缓缓上升的风筝，总像旗帜一样，挂满在电线上，经风一夜吹袭，纷纷不知去向。童稚的我，甚至痴心地想，风筝也许化为蝴蝶，在黎明时刻，破空而去。

谁知道呢？也许，真的化为蝴蝶，飞在小女孩的发梢上，成为一个美丽的、永恒的结。

明 月 前 身

“和我们去露营吧！”

那些年轻的笑容，在黑夜里，如一盏又一盏绽放的马蹄莲。夜间部[1]的学生，我甚至不曾在阳光下看过他们。总是天黑以后，匆匆忙忙，在拥挤喧闹的狭窄走道或楼梯相逢，相互问候也是急促的声调。假若能够走出这两幢建筑物，站在明亮的溪边，或者坐着，会不会有些不同？

“和我们一起去吧，老师。”

[1] 夜间部：指的是在夜间上课，所有课程与日间部一样。因为夜间时间比较短，每天上课较少，所以夜间部一般要比日间部多一年毕业，毕业后一样授予学士学位，毕业证书上不会注明夜间部，适合白天还需上班的人。

我有那么多事还没有做啊：杂志社正委婉地催着稿；为更新教材随时收集资料；演讲座谈需要拟定的大纲；还有和朋友约好，趁放假的日子，到花莲看海去，把那些扰人恼人的晦气事都抛开。

“很有意思的，去嘛！”

第一次露营的二十岁的自己，站立在溪畔散乱的石块上，转身，微眯起眼看着生火的同伴，看着一团营火被点燃，穿透金黄火焰，看着十年后的自己。

二十岁的自己，看着三十岁。

清清楚楚地问：“你去不去？”

坪林，环山抱水，整座乡镇都浸染在清沁的茶香之中。

学生兴高采烈地扎营、分组，彼此介绍的时候，我们没有事。事实上，从头到尾，除了吃吃喝喝，我们根本帮不上什么忙，也不需要帮忙。于是，很明显地觉察到，我再不是学生了。

体贴细心的学生，怕我们闷得无聊，提议到镇上逛一逛。制茶人家将烘干机置放屋外，茶叶刚受热，形状仍完整，饱含水分，欣欣绿。我想象它们一次又一次受热，辗转地，脱尽内里润湿，甚至忘记曾经枝叶相连的血脉之亲，变得干脆，揉碾成飞灰。然后，适温的水，冲激而下，呼唤前世所有已经沉寂的记忆：弥漫晨雾的山头，阳光里斜斜飘洒的细雨，采茶女交替吟唱的歌声。只是，都回不去了。于是，在水中翻腾，将形体极力展开，拼一盅茶，雨后初晴的温暖色泽，漫溢芳香。

因为这样的想象，注视着充塞茶叶的那把壶，几乎可以听见叶的吐纳与气息。

茶的生死轮回，竟也如此婉丽动人。

一道桥，白色的，绿水青山中愈发醒目。第一次露营是夏末初秋，刚演完一出舞台剧，大伙以坪林作为联谊地，心中清楚知道，此后，便是各奔天涯了。亦知道人生也是一幕又一幕戏，有时甚至连观众与掌声都没有。

过桥时走得吃力，同行男生接过我的背袋，十分真诚善意。只一会儿，我便伸手取回背袋，年少岁月，对于付出与获得，总是诚惶诚恐，怕平白受人好意，难以报偿。男生只知道我的客气，不能体会那些幽微的思绪，他一味要替我分担，便在桥上拉扯起来，谁也不肯松手。费了许多时间才到对岸，最后谁输谁赢？真不记得了。

这次再到桥上，有位老先生正在替桥栏粉刷油漆，他难道没听说海上正有一场强烈台风逐渐逼近吗？而他仍在工作。我们难道不知道潜伏着的风雨威胁吗？却不肯放弃欢乐。

“老阿伯！那边的油漆脱落了！”一群上桥的年轻孩子指着刚才油漆过的桥栏。

老先生抬头看了看，向孩子们挥挥手，继续他的工作。

男孩女孩推着笑着，几个女孩恶作剧地把背包全挂在一个男孩身上。男孩并不推拒，笑着，连奔带跑，几个女孩乐不可支，笑声飘荡在溪上。

他们轻易便渡了桥。

黄昏以后，营地树林里处处烟火味，自由活动的人从远处回来，围着火烹饪晚餐。

稀稠不均、焦煳的白饭、甜咸失去准头的菜肴、掌握不住的突发状况，定要有些兵荒马乱的况味，才像露营。

清平富庶的日子，也想尝一尝躺在土地上睡觉的滋味，只是不必担忧战火会从远方燎烧到林子里来，无须聆听风中悲切的马嘶而惊悚，不会恐惧手中捧的食物是最后一餐。因此，露营的主办单位，挖空心思，在幽暗山径设下关卡，运用各种化装、音效与道具制造恐怖效果，让一批批闯关的人大叫或者大笑。这是活动的重要节目，寻求刺激，竟也是一种心理需求。而我偏想起，几十年前，躲避轰炸的茶农，是否曾在山林隐蔽；而后，被缉捕的知识分子，是否曾在山径奔逃。路旁有一座小小的、赭红的土地庙，有一些年代了吧？主办者准备了香烛，说是要让闯关者祈求平安。我上了一炷香，虔诚谨敬地祈愿，愿所有在恐惧的灾厄中受苦以及死去的灵魂，都能得到安息。

营火会的纵情狂欢，是当年在林野中匍匐求生的人无法想象的。用火把去引火的方式已经陈旧过时了。男生脸上涂满油彩，赤裸的上身贴着荧光色带，原始而狂野的舞动，像是一种神秘的火祭仪式。不远处的树顶悬挂一个浸油的布圈，铁丝从树顶牵系在营火架上，被点燃的布圈，在黑夜里如一个自天而降的火圈，霎时坠落在搭建好的木柴堆上，砰——哗，火星飞迸，营火迅速燎烧，火舌拼命拔高，恨不能攀上云霄。

气氛升到最高潮，尖叫声，口哨声，年轻的孩子们冲进营火场中，手拉着手，高歌起舞。我安静地退到场外，看着青春炽热燃烧。总是要尽情燃烧一回，才能成长吧。

无意中抬头，正见一团明月，破云而出，光华盈满。

夜深，学生来敲门，他们特地为我们洽租了温暖的小木屋。

不是说要去捉虾吗？

露重风寒，学生们都加了外套，目光炯炯，看不出一丝倦意。所有活动都已结束，大部分的孩子已进入帐篷，进入梦乡了，却有一些不肯睡，还要安排一个计划外的余兴节目。

昼短苦夜长，何不秉烛游？

我仿佛又见到十年前的自己，坐在溪畔，老师寻来，站在岸上唤，天都亮了，还不睡吗？

靠在友伴肩上，笑着摇头，一声声说，不睡，不睡，不睡。

那时的我，也有这样一双炯炯眼眸吗？

深静的夜里，连溪中的鱼虾也已入梦。

“小声点！不要把虾子吵醒了。”

手电筒的光影闪动，溪上有雾，水气迷蒙。雾去雾来，我找了一个位置坐下，闲闲地看着踩在水中捉虾的人影晃动。

看着第一次露营时的自己，如此好奇兴奋，如明月的璀璨圆满。

然而，当明月被云雾遮蔽时，依然可以听见流水的声音。

流水今日，明月前身。

曾经皎洁如月的青春啊，隐敛光华，却仍丰沛如流水，潺潺流动着，不舍昼夜。

瓶中海

我看见玻璃瓶中，一片湛蓝海岸，忆起那曾被深埋的女孩，宛如冬眠以后醒来的春树，一寸一寸地，生机勃发。

母亲走近床前，将我唤醒，摊开手掌说：“看，我在信箱里找到了什么？”

努力睁开眼，恍惚中无法调整焦距，我看见，一片湛蓝海洋。

海洋？像被一个浪头扑打，猛地转醒。

这个冬季的气温，在圣诞节前陡然下降，那样潮湿寒冷，令人不知所措。于是，每天早晨总要和棉被抵死缠绵，难舍难分。

虽然小时候便熟读威尔逊冒风雪上进求学的故事，却因为知道自己成不了伟人，情愿把脸埋在枕上，留恋着睡眠的气息，多一秒钟也是好的。

从来不曾，这样迅速地清醒。

母亲掌中有一只方形的玻璃瓶，瓶口用木塞封着，瓶内充满染成碧蓝色的木屑，平静地沉着几粒莹白的贝壳。

我接过来，极珍重，极谨慎，安放在床头小柜上，压着雪白的镂空钩花毛巾，像一朵绽开来的浪花。

“是谁？”母亲问。

我微笑着，没有回答。

心中却如此确定地知道，是谁来过了。

隔天，守望相助的好邻居问我有没有看见信箱里的东西，并且说：“我去倒垃圾，就看见了他，站在街对面，也不知道等了多久。那个年轻的男孩子，天这么冷也不怕，把东西放在信箱里，就走了。”

我听着，有些心疼，这个傻孩子，在寒冬夜里等一扇门的开启，究竟等了多久呢？

但，他不是一个男孩子，她是一个女孩。

那一年，我从五专毕业已经过了第十个夏天，怀着一股莫名的浪漫，到工专兼课，仿佛可以重温一些年少岁月里的懵懂天真。

站在讲台上，我和三十几个青春少年相遇了。

在他们之间，坐着一个卷发披肩的女孩，这么多男生，却只有一个女生，我说我很羡慕这个女孩，“一枝独秀”的滋味如何呢？

好奇、不安定的男生齐齐哗笑，他们说，老师，我们班有两个女生。

另一个女生在哪里？我不动声色地寻找。喊着点名簿上的名字，全部都到齐了，可是，我并没有看见另外一个女生。

直到读着作文时，才知道，那个总坐在窗边、短发圆脸、身形颀长、锁着眉头的，就是另外一个女生。

她不做一点女孩的装扮，混在男孩中难以辨识。而那长长的作文，敏锐自苦，惨绿的年少情愁，却是纯粹的女性，一如我伤春悲秋的往昔。

曾经，不能自拔的深情易感，使我孱弱；如今，令她抑忍痛楚。

从作文里循着她的生命轨迹，不敢惊扰。我看见，十九年前的异乡，一对热切求子的夫妻，再度拥有一个不受欢迎的女婴。我听见那母亲绝望的哭泣、那父亲深深的叹息，我听见那个家庭破碎的声音。小女孩随着父亲回到了故乡。她努力想做好，博得称许，却常在淡漠的眼光注视中退缩，因为她不是一个男孩子。那么，假若可以变成一个男生呢？于是她在成长与挫折中，一寸一寸地，把那女孩深埋。

埋得那样深，却仍得不到母亲的爱；父亲的爱竟也充满险隘。

经过这样多的坎坷磨难，我惊奇于她的情感，依然如最初的澎湃热烈。写信给我的时候，喜欢用“亲爱的队长”来称呼，每一封信都亲自投进我家信箱，即使已经贴上了邮票，也不肯假手他人，好像这样才是完整的。为了知道我的住处，不惜耗费许多的时间跟踪、守候，却不肯开口询问，好像这样才显得庄严慎重。

而我偏偏能够懂得，这种痴心。

第一次听说，花坊中有紫色的玫瑰，半信半疑地想，那会是什么样子？岁末的最后一堂课，她捧着一束紫玫瑰，笑着向讲台走来。而我仍旧半信半疑。

给这么多年轻的孩子上语文课，从一开始就拿定主意，要和他们一同游戏。玩得最开心的是把《三国演义》改编成话剧演出，完全交给他们，从编剧、导演、布景、道具，到服装、化妆，都有出乎意料的好表现。圆满落幕，颁奖鼓励，送给她的礼物，确实有些与众不同。

那次她演的是皇后。

放学以后，她在河堤上拆开包装纸，“看见这个美丽的音乐盒，我的眼泪终于忍不住落下来，”她在信中写着，“我想要这样的礼物，想了将近有二十年，却没有人知道啊。”

强烈的疼惜里，还有一丝莫名的愤怒，为什么这样长久以来，竟然没有人知道呢?

而我知道，那曾经被深埋的女孩，宛如冬眠以后醒来的春树，一寸一寸地，生机勃发。

喧喧嚷嚷中，春天走过。空气渐渐沉闷燠热，透露离别的讯息。男生们都在问：“老师，你明年还教我们吗？”

或许因为有了答案，所以她不问。

最后一次上课，我说，让我们开开心心地见面，欢欢喜喜地告别。然而，我仍忍不住要在窗边坐一坐，窗外是宽阔的忠孝东路，开挖捷运使街道拥挤堵塞，尘土弥天，噪声震耳。

当我离去一段时日，偶然乘车经过，忍不住抬头远望，就在那幢大楼的窗内，有一群孩子，曾经与我一同游戏。他们的脸孔仍清晰分明，其中也有她的容颜，一株明净的百合。

其实，她是匀停美丽的，但是，我从不打算告诉她。因为我知道有一天，这些话将有一个男孩子告诉她，真挚、虔诚而温柔地告诉她。

玻璃瓶始终放在床头枕畔，醒与睡的交界，听得见波涛拍击着海岸。

潮汐的起落，使我回到在工专授课的日子，下课以后坐计程车回家，忽然有一种奇异的牵挂，莫名地令人心焦。无意识地回头，我看见她，骑着车，不即不离地追随在后，对着我含蓄羞涩地微笑。这一回，她只是要陪我一段，回家的路。而我坐在车中，干涩的双眼，慢慢潮润了。

海洋装在瓶内，仍然是浩瀚的；灵魂积聚在肉体，依旧是自由的。思念在岁月中，实时更新，从不曾远离。

赴海的约会

海水是一种灿亮透明的蓝，广阔无边，与天相连。究竟是天映亮了海，还是海染蓝了天？此刻，站立在迎风的岩石上，那个寻不着答案、遗落许久的问题，翩翩地回来了。

记不得有多久了，自从在电视上看见那片海洋，便开始莫名地牵念。明明知道它不可能消失，却像一种相思，日复一日，悄悄加深。

总是不能成行，海天纵然不老，我却会老去，想着便隐隐焦急。

从大陆探亲归来，好些日子，只吃了睡，睡了吃，整日里荡荡悠悠。找个地方把自己藏好，放任思想奔驰，时常陷入一种昏乱的、欲哭无泪的绝望情绪，想到了“心力交瘁”四个字来答复外界所有关怀的探问。同时，心里清楚地知道：我已经很老、很老了。

我老得坐在瓜棚下，看着丝瓜一寸寸长大，夏季不疾不徐地退场。

在电话里，朋友为我的无精打采而忧心，尽管我一直重复地说“没事”，到底相交十几年，她在线的那头苦苦相逼。我终于哽住，不再言语，片刻之后，清晰地说：“我想去澎湖。”

“我陪你去。”朋友说。

就像迟暮之年，想起年少时定下的约会，蓦然脱口而出，完全是潜意识的作用。

在飞机上，看见澎湖海岸线的刹那，随着乘客们幸福的叹息声，我的心才被妥帖地安放。多好呀！该在的都等在那儿。

降落的时候我知道，一切都不嫌迟。

澎湖岛上多是天人菊装点的草原，草原尽头便是海。在城市生活久了，看海变成一则奢想的传奇。有时迢迢地来到沙滩，望着灰蒙蒙、毫无光泽的海水，着实手足无措。而这里的海，毕竟是不同的。

海水是一种灿亮透明的蓝，广阔无边，与天相连。小时候，曾有过幼稚的揣想：究竟是天映亮了海，还是海染蓝了天？此刻，站立在迎风的岩石上，那个寻不着答案、遗落许久的问题，翩翩地回来了。

虽然在相片里面见过太多次，可是，当跨海大桥出现在眼前的那一刻，仍免不了心灵的撼动。

车子不急不缓驶上桥，我想起有个婉约女孩，就是在这儿挥别她爱恋的情人。

“他送我到桥头，我坐在车上，回头一直看着他，不明白我们之间到底发生了什么事。于是，我一路掉泪，直到机场。”当她叙述这件事时，我们都还年轻，痴心地以为，曾经海誓山盟的情感，就该是地久天长。

我把车窗摇下，回首看着走过的路，有一丝丝忍不住的黯然。

我们在桥的另一头停车，领路的朋友带我们看桥下的漩涡，盘桓着，猛然张口，在风中吞噬。“当初建桥，在这种恶劣的环境里，损失许多生命。”朋友说。

曾经有过凄厉的牺牲，而后有桥上的恣情欢乐。

在这晴朗的午后时光，海天是一色的澄净，丝毫看不出曾经历过的伤痛与不幸。若说它悄悄涵纳一切，便是最深情的；倘若它根本无动于衷，便是最无情的。

然而，阳光下，面对这种单纯的美，如何能够分辨？

曦微中，被港口军舰的笛声唤醒，匆匆戴上草帽，赶到赤坎码头，奔赴吉贝岛蜿蜒的黄金海岸。

下船后，到海水浴场还有一段距离，我们骑上协力车和脚踏车，沿着岸边前行。路上有一排电杆，全是黑色木制的，衬着绿草蓝天，显得特别朴素。

“你看哪！看哪——”

我忙着指来画去，唯恐同行的朋友遗漏任何一个可以入诗入画的场景。好像童年时候到野外郊游的亢奋，不能自持。

坐在沙滩太阳伞的一片阴影下，看着被海水盛载的人们，忽起忽落，不论是怎样的装束打扮、身份年龄，只表现出一种情绪，就是欢乐。

我握起一把把橙黄的贝壳沙，把双脚掩盖。那些细碎的粉末从掌心流过，有一种粗糙而温暖的感觉。掩好了脚，我费力地站起身，试着体会一棵树的心情。但我不能，在那样的阳光和风势中，只一会儿便摇摇欲坠。于是，恍然明了，何以岛上的植物都长成桀骜的姿态。

太阳晒在身上，有些微干涩疼痛，皮肤很快就改变了颜色。回到住宿的饭店，和朋友对望，看着彼此的狼狈，就像看见自己，真正哭笑不得。

朋友坐在镜前，唉声叹气地不知从何下手，我只好昧着良心劝慰，告诉她，这样的肤色，正可以表露另一种美，姑且叫作健康美吧！

这件事其实并不能真正困扰我们，纵然乍见镜中斑驳容颜，实在惊心而自怜，而下一次，听见回荡在阳光下的浪潮，声声召唤，还是忍不住要去相亲的，我想。

“爱情好像也是这样。”朋友说。

“是吗？”我说。

想一想，或许是吧！

我醒来的时候，看见朋友充满兴味的脸。

“睡得好吗？”她问。

“好。”我说着，坐起身。

“多奇妙呀！”她说，“你睡着的时候，竟然微笑着……为什么？”

因为我梦见了澎湖的海，梦见白天经过的那片粉红色芒草，一大片迷蒙的粉红，在风中摇动。

虽然白天的我早已失去骑车的技能，只能坐在协力车后座，勉强踩一踩踏板，但是梦中的我却骑着那辆紫色脚踏车，迅捷轻快地穿越粉红色的草原，芒草柔软地拂过雪白的裙摆，等待在前方的是明亮柔和的蓝天。

于是，我再度微笑，转向好奇的朋友，轻声地说：“我只是，做了个好梦。”

哗啦哗啦，哗啦啦

为了让我和弟弟有一个不受干扰的读书环境，年少时家里的电视机总是关闭的，一块暗沉沉的黑玻璃。联考、联考，仿佛永远也考不完，永远也长不大。那时候，我最乐意做的事，就是帮母亲整理五斗柜，把柜子里的东西全数倾倒出来，铺满一地，我坐在当中，感觉无比富足。几件过时了的衣衫、一些穿破了或者未开封的玻璃丝袜、抽纱了的色彩鲜艳的丝巾、像糖果一样缤纷的纽扣，很多很多有趣的东西。

这些东西都有身世的，母亲记得很清楚：这件衬衫是谁送的，那条裙子是从哪儿得来的，这玻璃丝袜是某某从香港捎回来的，那条丝巾在我幼儿园跳舞时扎过头发的。各式各样的扣子也有来历，这一颗是从哪件毛衣上拆下来的，很漂亮吧？那件毛衣呢？早就拆掉啦，连毛线都不知道扔到哪里去了。喏，这颗扣子是多余的，没处缝了，就搁进扣子盒里。这一颗好像星星的扣子呢？嗯，从哪儿来的？想不起来了。

扣子盒是一个雪白圆筒形状的罐子，咖啡色的盖子旋啊旋地转上盖好，哗啦哗啦，哗啦啦，纽扣在盒里翻滚着，成了一个八音盒。

如果衣裳像一个家，这些纽扣就是离家的孩子了，它们热热闹闹聚在一起，其实，也许是很寂寞的。那时还没读过《红楼梦》，不懂得“无才可补天”的惆怅失意。

只觉得扣子盒里大约有很多心事。

最后，总要拖出一个抽屉的旧相片来，大大小小的黑白相片。忙着做其他事的母亲，总是一两分钟就被我呼唤一次：

“妈！这是谁啊？”

“天哪！谁家的小男生？怎么不给他穿裤子的啦？”

母亲的同学朋友，年轻时很流行去摄影社拍沙龙照，眼睛必然不看镜头，头部一定微微倾斜，噙一朵含蓄的笑在嘴角，照片背面用墨水笔慎重写下“勿忘影中人”。我们叽叽咕咕地笑着，真想不到现在天天唠叨女儿爱作怪的阿姨们，年轻时也不遑多让呢。

那年代的父母喜获麟儿之后，多半喜滋滋抱去摄影社拍摄半裸照分赠亲友，为何裸露下半身呢？想来有验明正身的意义。所幸小女孩大多幸免。经母亲指认，赫然发现这个没穿裤子的男生，就是品学兼优、在我们面前趾高气扬的那位大哥哥。不怀好意地想，下次他再得意，就使出这招“撒手锏”，看他神气得起来吗？后来一直没使出撒手锏，是担心自己也有衣衫不整的旧照片流落在别人家。

母亲被我叫烦了，索性放下手边的工作，坐在地板上，与我一同翻看旧照片，我们时常发出惊叹或轻笑，以前的人的模样和现在真是不同呵。

最初母亲把我们每个孩子的照片都整理好，每人一本写真集，上面剪贴了一些花卉图片，旁边还写上“一岁的曼穿上裙子还像个小男生”之类的批注。后来相片太多，便一袋一袋盛装起来，像未经开垦的岛屿，带给我许多发现的乐趣。

那些定格了的午后时光，庭院里的石榴缓缓成熟，毛毛虫在葡萄架上爬行，栀子花的沁香透窗而入。弟弟和邻居男孩在广场上打球高叫。黄昏时候，父亲便骑着单车，下班回家了。

仿佛是可以永恒的，而我偏偏长大了。

因为工作上的调动，我必须搬迁到香港，便替父母亲申请了依亲签注。各种手续资料都齐备，工作人员要求看照片，比方说父母的结婚照片，我们这几十年来的家庭照片，才能证明我们确实是一家人。

为了这些，父母亲连夜由香港赶回台北，父亲的脚伤发作，举步维艰，航空公司的人说不必担心，他们会照顾他的。他们推来一辆轮椅，父亲在我们的扶持下，费力地攀爬上去，然后，伸出手紧握我的手："好啦！你要自己照顾自己……"

我看着轮椅上的父亲，忽然觉得难以置信。这是每次外出旅行都负荷最重行李的父亲吗？去大陆的书店买书，父亲为我和我的同学把书捆扎得非常结实；到美国奥兰多迪斯尼乐园，乘坐"太空山"云霄飞车，还觉意犹未尽；一年前我们一同去印尼泗水，半夜里骑马穿越沙漠，到火山口看日出……

父母把照片寄来香港，我火速送往入境处，工作人员看着将近四十年前的结婚照，他说："啊！好老的照片。"又问，"给我们的吗？"

"不是！"我惶急地，"这个是我的。是我的——"

工作人员温和地笑了笑，将照片影印以后还我。他又确认了一次，弟弟在美国，父母亲在中国台湾？我点头，没有说话。他告诉我，签注会很快下来，我们就可以团聚了。

走出入境处，已近黄昏，没有石榴、葡萄架和栀子花，我忽然听到，哗啦哗啦，哗啦啦，是我的扣子盒的声音。

当然，不是的。只是香港湾仔天桥上常见的残乞，费力摇动杯里零钱的声音。

当你渐渐长大

当你渐渐长大，什么是你最后的坚持？

你站着，在阳光与阴暗的交界处，刚剪净的短发，正如初相遇。

初遇时节，也是秋天，天高阔湛蓝，我常忍不住教你们看风云变幻，听自然的声音。你和其他的男孩，都来自成功岭，一模一样的发型，还来不及培养个人风格，淳朴地、略显腼腆地坐着。初为人师，站在讲台上的我也很局促不安，张开嘴忘了该说的话，拿着粉笔忘了该写的字，状况频出，台上台下怔怔对望，都很焦急。

那是我最失败的教学经验，却与你们结下最真挚的情谊。或许因为青涩紊乱，一切都是最初。

教完你们这一班，不管在哪里相遇，总是欢欣雀跃前来招呼，把脸贴在门窗玻璃上用唇说“老师好”，仿佛你们有权打扰我的上课情绪，而这样的干扰确实令我有些微虚荣与满怀甜蜜。一年又一年，教材内容愈充实，经验愈丰富，热诚丝毫没有减退，学生却不打招呼了，即使对面相遇，他们转过头去，或垂下眼光，或者蓦然不相识。

我并不怨怪或沮丧，只深自内省，什么地方没做好？有没有改进的可能？同时，更确切地明了，你们的热情亲和，原是上天最悲悯丰厚的赐予，应当深深感激。

四年来潮起潮落，在波动里分享你们的生命轨迹：

我修过了，老师！

我恋爱了，老师！

你好不好啊，老师？

我在收音机里听到你。老师！

老师……我被拒了。

老师……我，失恋了。

那些笑着、发着光亮的面庞；悲伤着，眼底一片凄然的惶惑，终于，毕业了。

又到了迎接大一新鲜人的日子，校园忽然“膨胀”起来，各种社团招生海报一张张悬挂。新鲜人拥有过多的呵护、从容与荣宠，我却惦记着成为社会新鲜人的你们。不会再有人和欢迎仪式，等着你们的是严酷的现实考验；不再有一大把机会可以一试再试，面对的是毫不留情的竞争。

你来找我，站在球场边缘，安静地微笑，说：“我要去当兵了，老师，来向你告别。”

我有些恍惚，看着你，一时竟不知道该说什么。

曾经飞扬痴狂的热烈少年，掩在岁月的扉页中。今日的你，难辨悲喜，有一种不曾见过的笃定。

我走向你，并肩走一段路，不疾不徐地，听你说自己的心情。

“今年的大一，皮不皮啊？”

好像每年都要这么问，“不会比你们更皮。”我总是这样回答，我们都知道那不是真的。

走下阶梯，临分别时，你突然说——这话原该是我说，结果竟成了你的喟叹——“时间过得好快。”说着，沧桑地，笑了。

果真长大了，我的心被一种奇异的复杂情绪充塞。

依然年轻的你，尚且感受到时间的催迫，我，又能说什么呢？

与你挥别以后，我仍站着，看你沿着栽满绿树的道路离开，年轻容易欢乐的学弟学妹与你擦身而过，他们的嬉笑，使你的背影显得孤独。

你突然抬起头，望了望天。外双溪的秋天最美，看看天透明澄净……课外教学时，我曾这样对你们说过。

这又是另一个秋天，我仰望，天空仍是透明澄净，如同我们初遇的那个秋天。

当我收回视线，搜寻你的身影，你已经融入人群，看不见了。

我不能忘记触目惊心的那一幕。

从图书馆走出来，正对着牌坊，我总是放慢脚步，在这个角度观看纪念堂的晴雨晨昏。

那天雨后放晴，我依旧是闲适的心情，走出图书馆。一群年轻的女孩自纪念堂穿越马路，那里既没有信号灯标志，也没有人行横道，可是她们互相牵携着向前跑。青春的笑声愉悦，隔着宽敞的道路传过来。

同时，尖锐凌厉的刹车声响起。没能刹住的跑车冲向女孩，肉体被撞击的声音，女孩像被抛掷的布娃娃，无助地在空中盘旋，坠地。外套、提袋和其他的东西散乱满地。已经安然闯过的女孩的笑声还没停歇，回头，便看见了倒地不起的同伴。

几个女孩都被跑车载走了，道路恢复畅通，事故的发生和消解都太迅速，甚至令人怀疑自己的眼睛。然而，我却觉得迈步艰难。

她们刚结束一次快乐的聚会吗？正准备搭车回家吃晚饭吗？

其他的女孩要怎么告诉出事同伴的父母亲，说他们的女儿，今天不能回家了？

有些阴暗残酷的力量，躲在隐秘的角落，随时等着机会，攫取它要的东西。

班上有个男生，体形瘦长，走路连蹦带跳。上课的时候，喜欢站起来背书，常背不熟，两旁女同学急得替他提词，他却不急，听见什么便说，上文不接下文，弄得一团混乱。有时选些好文章，介绍给学生，那一天，同学们强烈推荐他朗读一篇林则徐禁毁鸦片的文章，如此认真、充满情感的诵读，使教室呈现空前的静寂。在虎门点燃的那一团火，在我们胸腔中熊熊燃烧着，因为一种清明的痛楚与觉醒，当他念完时，掌声蓦然响起，久久不歇。

我看见他略显羞涩的神情。一个顽皮男孩渐渐长大了。

假期之后，他没来上课，班上女生对我说，他出车祸了，瘫痪在床上，再不能回到学校来了。女生的眼圈潮红，他本来好好的，一下子就成了残疾人……太不公平了。

当他健康时，甚至不肯好好走路，总是跳跃着。同学们都怀念他的诙谐调笑，我却记得他羞涩的那一刹那。

那一年初夏，语文课上有些欢愉的骚动，我对着学生们说，什么事这么开心？让我也笑一笑吧。

一本课本传上讲台来，那天正赏析元曲《山坡羊》：“路遥遥，水迢迢，功名尽在长安道。今日少年明日老。山，依旧好。人，憔悴了。”课本上却画了一只羊，站在山坡上，斜着头，举起前蹄，张开嘴说：“耶！”真正是不识人间愁滋味。

应当义正词严地训斥几句的，可是，终究忍不住笑起来，从没见过这样妩媚、滑稽的山羊。在哄堂哗笑中，那个瘦高斯文的男生过来拿他的课本。

“你有绘画的天分，可是……”我勉强板起脸，看着他说，“上课要专心啊。”

“谢谢老师。”他说，笑嘻嘻的。

过了两年，在校园里遇见那一班的女生，互相问候时，说到班上有个男生“失踪”了，没来上课，家里也找不到他，据说父母离异，使他深受刺激，意志消沉，大家都在找他，好着急。

“有消息要告诉我，看我能不能帮上忙。”我叮咛她们。

“老师，你记得吗？他就是画山坡羊的。”

那站在山坡顶上、迎风而立、最天真烂漫的羊，流浪在哪里？怎样过生活？

我把大一语文最后一次上课的合照找出来，未脱稚气的每一张面孔，看起来都那么快乐。假若时间可以凝止在这一刻，什么事都没发生，也不要长大……

“失踪”男生有了消息，女生还没有说，从欲浤的神色，便知道不是好消息。

“报上登了他的消息，因沉迷电动玩具，欠下赌债，于是铤而走险，结伙勒索，已经遭到逮捕。他再也不能回来了，老师。”女生哭了。

“老师。”她们握住我的手说，“你不要难过。”

我的反应大概有些不寻常，她们陪着我走到教室门口，要确定我没有事。教室里阳光明亮，学生兴高采烈，等着上课，他们刚进大学，积极乐观，觉得整个世界正伸展温暖怀抱，等待着他们渐渐长大。

今日年少明日老。山，依旧好。人，憔悴了。

“老师。”

有人在身后呼唤，我略迟疑，继续往前走，没有回头。

“张老师。”

这一次的呼唤确定而急切。

我转身，稍加辨认，才看出是你。

几个月没见，你瘦了不少，罩在一件大外套里，瑟缩着，竟有些狼狈。

“啊，是你。”我打量着你，拖着脚步，走到你前面。

“你还好吗？”

“不好。”你说，“出了车祸，还没养好伤，又长了水痘，真的是死去活来……”

“你的牙呢？”

我惊奇地发现你的牙都脱落了，圆脸也变得尖削。

“牙都撞掉了。”

我的心狠狠一揪，这一撞可真不轻。

“老师。”你也仔细打量我，“你好吗？”

我不能像你那样率直地将伤痛和盘托出，因为，有些遭遇是说不清，也不能说的。这一阵子，我的生命遭到前所未有的毁伤，原是用最珍贵的心意去对待，获得的却是残酷与龌龊的回报。

我曾经被不公平与不光明击溃，在心底放逐自己的灵魂，而后，又在一念之间，决定要从泥沼中爬起来。

你仍在等着回答，而那些经历过的险恶与自怜，突然想远了。我微笑着说：“我还好。”

“快些把牙补好吧。”

“会的。”你笑着说，“老师，你保重！”

背着光，而你的眼眸灿灿亮亮，转过身走了。

生命的成长，原就是要受创；生命的神妙，在于只要有机会，便可以复原。

当我渐渐长大，愈来愈确定，世上并没有绝对的公平与光明。但，不论遭遇怎样的挫伤，我坚持，决不失去对人间的温煦情爱。

当你渐渐长大，什么是你最后的坚持？

青春并不消逝，只是迁徙

那时候的我，正当青春

那一年我二十五岁，刚考上博士班，一边修习学位，一边创作，已经出版了第一本小说集《海水正蓝》，并且因为未曾预料的畅销状况，引人注意。我很安逸于古典世界与学院生活，那里是我小小的桃花源。我可以安静地圈点和阅读，把自己潜藏起来，遇见一个巧妙的词句，便可以赞叹玩味许久，得到很大的喜悦。不知从哪里看见形容男子“身形伟岸”的词，狠狠琢磨一回，那是怎样的形象呢？我们中文系的教授，有温文儒雅的，有玉树临风的，有孤傲遗世的，但，都称不上伟岸，我心中仿佛有着对于伟岸的认识，只是难以描摹。

寒假过后，我遇见这样一位教授，高大壮硕，行动从容，微微含笑，为我们讲授诗词，因为曾经是体育系的，他看起来不同于一般的中文系气质。每个周末，我们都要到老师家里上课，大家围着餐桌，并不用餐，而是解析一首诗或者一阕词。看见他朗然笑语，喷吐烟雾，我悄悄想着，这就是一个伟岸男子了吧？四十几岁的老师，当时在学术界是很活跃的，意气风发，锋芒耀眼，上他的课，常有一种戒慎恐惧的心理。我几乎是不说话的，一贯安静着，却从未停止兴味盎然地观看着他和他的家庭。

他有一个同样在大学里教书的妻子，两个儿子。当我们的课程即将结束时，师母和小儿子有时会一起进门。师母提着一些日用品或者食物，小男孩十岁左右，背着小学生的双肩带书包，脱下鞋子，睁着好奇的黑眼睛盯着我们瞧，并不畏生。老师会停下正在讲解的课程，望向他们，有时交谈两句，那样的话语和眼神之中有着不经意的眷恋。我渐渐明白，老师像一座植满绿杨垂柳的堤岸，他在微笑里，轻轻拥着妻与子，一大一小两艘船栖泊，所以，他是个伟岸男子。

我们告辞的时候，老师家的厨房里有着锅炉的声响，晚餐渐渐开始上桌了。我们散荡地漫步在高架桥下，走向公车站牌。一点点倦意，还有很多憧憬，我忽然想到自己的未来，会不会也有这样的一个温暖家庭呢？一种围桌共餐的亲密情感？一个背着双肩背包的小男孩？天黑下去，星星爬上天空了。

修完博士学位的暑假，邀集一群好友，将近一个月的神州壮游。回到台北，整个人变得懒懒的，开学前下了一场雨，秋天忽然来了。同学来电话，告诉我罹患癌症的师母过世了，大家要一起去公祭，他们想确定我是否已经归来。

不知道为什么，我一直觉得师母应该会康复的，她还年轻，有恩爱的丈夫，还有会撒娇的儿子，她应该会好起来的。那一天，我去得很早，从头到尾，想着或许可以帮什么忙。但，我能帮什么忙？谁能帮什么忙？告别式中，扩音器里播放的是费玉清缭绕若丝的美声：“妹妹啊妹妹，你松开我的手，我不能跟你走……”我在诧异中抬起头，越过许多许多人，看见伏跪在地上的那个小男孩，那时候他其实已经是初中生了，因为失去母亲的缘故，看起来特别瘦小。我有一种冲动想过去，走到他的身边去，看着他的黑眼睛，说几句安慰的话。但我终究没有，因为我不知该说些什么，而且我怕看见他的眼泪便忍不住自己的眼泪。

人生真的有很多意外啊，只是，那时候的我仍然天真地以为，我已经获得学位了，有了专任的教职，还有人替我介绍了留美博士为对象，只要我有足够的耐心，只要我够努力，就可以获得幸福。我也以为，这个家庭的坎坷应该到此为止了，应该否极泰来了。

一年之后，我陷在因情感而引起的强烈风暴中，面临着工作上的艰难抉择，突然听闻老师脑干中风、病情危急的消息。到医院去探望时，老师已经从加护病房进入普通病房了，听说意识是清楚的，那曾经伟岸的身躯倒在病床，全然不能自主。那个家庭怎么办？那两个男孩怎么办？同去的朋友试着对老师说话，我紧闭嘴唇没有出声，我只想问问天，这是什么天意？不是说天无绝人之路的？这算是一条什么路？

老师从三总转到荣总，开始做复健的时候，我去探望，那一天他正在学发声。五十岁的老师，应当是在学术界大展宏图最好的年龄，应当是吟哦着锦绣诗句的声音，此刻正费力地捕捉着："噫，唉，啊，呀……"满头大汗，气喘吁吁，看护乐观地说老师表现得很棒，我们要给老师拍拍手哦。走出医院，我的眼泪倏然而落，顺着林荫道一路哭一路走，这是怎样荒谬而残酷的人生啊。

同时间发生在我身上的伤挫并没有停止，总要花好大的力气去应付，应付自己的消沉。从那以后，我再没有去探望过老师，只从一些与老师亲近的人那儿探问老师的状况，老师出院了，回家调养了，原来的房子卖掉了，搬到比较清幽的地方去了。偶尔车行经过高架桥，我仍会在岁月里转头张望那个方向，带着惆怅的淡淡感伤。那里有一则秘密的、属于我的青春故事。

后来，我与青春恍然相逢

这一年，我已经在大学里专任第十一个年头了，即将跨入四十年纪。生活忽然繁忙起来，广播、电视和应接不暇的演讲，但，我尽量不让其他杂务影响了教学，总是抱着欣然的情绪走进教室，面对着那些等待着的眼睛。特别是为法商学院的学生开设的通识课程，在许多与生命相关的议题里，我每每期待着能将自己或者是他们带到一个意想不到的地方去。

每一年因为学生组合分子的不同，上课的气氛也不相同，若有几个特别活泼又充分互动的学生，就会迸出精彩的火花。有时遇见安静却愿意深刻思考的学生，他们的意见挑战我的价值观和认知，也是很过瘾的事。一个学期的课，不敢期望能为学生们带来什么影响，只要能提供机会让他们认识到自己，就已经够了。

这个学期，有几个学生聆听我叙述的故事时，眼中有专注的神采。有一个经济系的男生，特别捧场，哪怕我说的笑话自己都觉得不甚好笑，他一定笑得非常热切，也因此他没出席的日子，课堂上便显得有点寂寥了。通常这样有参与感的学生在讨论时都会踊跃发言的，但这个男生却几乎从不发言。该笑的时候大笑，该点头的时候用力点头，只是不发言。我猜想或许是因为他不善言辞吧。轮到他上台报告时，他从余秋雨的《文化苦旅》说到神州大陆的壮丽山河，全不用讲稿，也不用大纲，侃侃而谈，不像是商学院的学生，倒更像是中文系的。我坐在台下，仰着头看他，原来是这样高的男孩子。明明是青春的脸孔，流利地报告着的时候，却仿佛有着一个老灵魂，隐隐流露出浅浅的沧桑。他在台上说话，焕发着光亮、自信的神态，与在台下忽然大笑起来的模样，是极其不同的。当他结束报告，掌声四起，连我也忍不住为他拍手了。

冬天来临时，通识课结束，我在教室里前后行走，看着学生们在期末考卷上奋笔疾书。一张张考卷交到讲台上，我从那些或微笑或蹙眉的面容上，已经可以读到他们的成绩了。

捧着一沓考卷走出教室，那个经济系男生等在门口。“老师，”他唤住我，“可以耽误你一点时间吗？”

我站住，并且告诉他，只能有一点时间，因为我赶着去电台。每个星期五的现场节目与预录，令我有些焦虑。

“好的。”他微笑着，看起来也很紧张，随时准备要逃离的样子，“我只是想问你还记不记得一位老师……”他说出一个名字。

我感到一阵晕眩，那一段被烟尘封锁的记忆啊，云雾散尽，身形伟岸、微笑着的老师，忽然无比清晰地走到我的面前来。我当然记得，即使多年来已不再想起，却不能忘记。

“你是……”我仰着头看他，看着他镜片后的黑眼睛，眼泪是这样的岌岌可危。

暮色掩进教学大楼，天就要黑了，然后星星会亮起来。曾经，那是晚餐开始上桌的时间；如今，我们在充满人声的拥挤的走廊上相逢。十几年之后，他念完五专，服完兵役，插班考进大学，特意选修了这门课，与我相认，那令我悬念过的小男孩，二十四岁，正当青春，我却是他母亲那样的年龄了。青春从不曾消逝，只是从我这里，迁徙到他那里。

后来，我听着他说起当年在家里看见我，清纯的垂着长发的往昔，那时候我们从未说过一句话，他却想着如果可以同这个姐姐说说话。我听他说着连年遭遇变故，有着寄人篱下的凄凉，父亲住院一整年，天黑之后他有多么不愿意回家，回到空荡荡的家。我专心聆听，并没料到不久之后，我的父亲急症住院，母亲在医院里日夜相陪，我每天忙完了必须回到空荡荡的家里去。那段祸福难测的日子里，我常常想起男孩对我叙述的故事，在一片恐惧的黑暗中，仿佛是他走到我的身边来，对我诉说着安慰的话，那是多年前我想说终究没有说出来的。我因此获得了平安。

与青春恍然相逢的刹那，我看见了岁月的慈悲。

图书在版编目（CIP）数据

孤独，刚刚好 / 张曼娟著. -- 北京 : 北京联合出版公司, 2018.2（2018.5重印）
ISBN 978-7-5596-1425-4

Ⅰ. ①孤… Ⅱ. ①张… Ⅲ. ①散文集—中国—当代 Ⅳ. ①I267

中国版本图书馆CIP数据核字（2017）第315886号

本著作经四川一览文化传播广告有限公司代理，由作者张曼娟直接授权出版
著作权合同登记 图字：01-2017-9109

孤独，刚刚好

作　　者：张曼娟
选题策划：七　月
责任编辑：夏应鹏
封面设计：郭旭峥
版式设计：刘　宽

北京联合出版公司出版
（北京市西城区德外大街83号楼9层　100088）
三河市文通印刷包装有限公司印刷　新华书店经销
字数170千字　880毫米×1230毫米　1/32　9.5印张
2018年3月第1版　2018年5月第2次印刷
ISBN 978-7-5596-1425-4
定价：45.00元